坐标

蔡海光◎著

北方联合出版传媒（集团）股份有限公司

春风文艺出版社

· 沈 阳 ·

图书在版编目（CIP）数据

坐标 / 蔡海光著. —沈阳：春风文艺出版社，
2018.9（2021.1重印）
  ISBN 978 - 7 - 5313 - 5509 - 0

  Ⅰ. ①坐… Ⅱ. ①蔡… Ⅲ. ①诗集 — 中国 — 当代
Ⅳ. ①I227

中国版本图书馆CIP数据核字（2018）第170234号

北方联合出版传媒（集团）股份有限公司
春风文艺出版社出版发行
http://www.chunfengwenyi.com
沈阳市和平区十一纬路25号　邮编：110003
永清县晔盛亚胶印有限公司印刷

责任编辑：韩　喆　　　　　责任校对：于文慧
装帧设计：琥珀视觉　　　　幅面尺寸：160mm × 240mm
印　　张：26.5　　　　　　字　　数：325千字
版　　次：2018年9月第1版　印　　次：2021年1月第3次
书　　号：ISBN 978-7-5313-5509-0
定　　价：49.00元

当人民英雄的歌咏者

范以锦

《坐标》作者蔡海光与我是新闻同行，我对他的作品并不陌生，而且本书所涉及的人也是人们所熟悉的，因此当我读到《坐标》书稿时，亲切感油然而生。

众所周知，中央电视台有一个栏目《感动中国》，自2002年以来每年一届，至2017年已连续举办16届，每届评出10位获奖人物和1个获奖集体。所评选出来的具有代表性的人物和群体都凝聚着民族精神，产生了强大的精神价值和正能量，激励着千千万万人为振兴中华、实现强国梦而努力奋斗。《坐标》一书的主题和各篇章的结构，清晰表明创作的灵感正是源于坚持了16年的这台晚会。晚会所展示的来自各条战线的英雄人物是我们民族的脊梁，也是中华民族最闪亮的坐标。中国作家协会会员、中国散文学会会员、中国诗歌学会会员、青年作家蔡海光，将这些"闪亮的坐标"作为创作源泉，以这些人民英雄为讴歌对象，甘当他们的歌咏者，反映了一位作家在新时代的担当和使命感。书中所展示的来自全国各个领域的平凡或不平凡岗位的有血有肉的典型人物和群体，在中央电视台《感动中国》人物的舞台上广为传播的基础上，再以朗诵诗的形式出版，加深了人们对他们的了解，强化了英雄的影响力。在书中，我们可看到他们中有"国为重，家为轻，科学最重，名利最轻"的开创祖国航天事业先行人钱学森。"一介布衣，言有物，行有格，贫贱不移，宠辱不惊"的季羡林。穿越一个世纪，见证沧桑百年，刻画历史巨变，在文学史册中闪耀着璀璨光辉的巴金。毕生的梦想是让所有人远离饥饿的袁隆平。承载中华民族飞天的梦想，被称为"中华飞天第一人"的杨利伟。身居高位而心系百姓，在人民心里树立起一座公正廉洁、为民服务的丰碑的郑培民。以令人景仰的学术勇气、高尚的医德和深入的科学探索给予了人们战胜疫情的力量的钟南山。在极速的世界舞台上将百年来的纪录变成了身后的历史的刘翔。用高超的体育技能，在强手如林的国家运动项目中占有一席之地，成为中国体育的象征人物的姚明。铁面无私，除暴安良，赢得百姓爱戴的任长霞。用舞台构筑课堂，用歌声点亮希望，几乎把所有的时间都给了那些需要帮助的孩子的丛飞……

以怎样的文艺形式去讴歌这些感动中国的人物，《坐标》一书的作者蔡海光在谋篇布局中有其独到的技巧。全书以朗诵诗的形式为体裁，抒写对象为2002—2017年16年来所推选出来的160多位获奖者和16个获奖集体。以年份为主线，即分成16个诗章，书中对每一年每一位获奖者都用一首现代朗诵诗的形式进行创作。每位获奖者除了以一首朗诵诗独立成篇，还配上《感动中国》推选委员会的颁奖辞，使朗诵诗集全书穿珠成链。将这些人物的光辉事迹和精神价值用朗诵诗的语言吟诵、演绎和升华，与舞台传播相呼应，形成一种立体式的传播效应，更具感召力和感染力，在人民群众的心中产生更为高昂而深远的文化力量。

回归经典，致敬传统，这也应是蔡海光创作《坐标》一书的动力之一。这些"感动中国"的人物，虽然都具有家国情怀和爱岗敬业精神等共同特征，但由于身处不同的领域和具有不同的个性，因此要逐一予以共性和个性相结合的描述并非易事。

蔡海光是土生土长的广东梅州大埔人，那片红色的土地养育了许多有思想、有梦想的作家。他从1990年便开始文学创作，勤奋刻苦，博览群书，笔耕不辍，有多部文学作品出版，有报告文学、人物传记、诗集等，在《人民日报》《中国报告文学》《南方日报》等全国有影响的报刊发表文学作品超过180万字。他当过大学老师，也当过多年的一线记者，这些经历对他的作品能以多视觉、重选题、巧构思去反映生活，不断走向成熟是不可或缺的，这也为他的作品能一直关注民生、关切社会、弘扬社会正能量埋下浓墨重彩的伏笔。

古人推崇"诗以言志"，诗歌最核心的东西就是表达"真情实感"。蔡海光的诗歌作品，以"情"为点，言之有物，充满思辨，语言洗练，意象丰富，手法多样，不少诗篇让人印象深刻。就《坐标》一书而言，蔡海光以其深厚的功力，将书中不同的个性人物描绘得栩栩如生，就连每个标题都经过反复推敲。于是，就有了《朱光亚：他喝醉的那天世界惊天动地》《吴孟超：银色的月光怎么会变老》《杨善洲：上善若水育出那片林》《阿里木：草根慈善家眼里的星星之火》《刘伟：用不屈的灵魂演奏生命的音符》《罗阳：在大国的梦乡里启航》《何玥：你那么小却举起那么大的道理》《高秉涵：你让回家的路变得有诗意》《沈克泉、沈昌健：油菜花开时会想起你们》《屠呦呦：最美的名字捧起最大的奖》《王锋：你的名字被烈焰铸成城市名片》等颇具个性化并充满诗情画意的标题。在当下朗诵诗这种文学艺术形式已有淡化之势的背景下，本书作者在传颂社会主义核心价值观的同时，在继承优良文化传统中对现实题材的诗歌叙事等艺术手法进行创新，力求达到思想性和艺术性的高度融合、时代性与主旋律的高度统一，当属难能可贵之举。当然，创作的成功也与蔡海光的作家、诗人、书法家、资深记者、文化策划人等综合素养有关。责任、动力、综合素养，使《坐标》充满亮点。

（作者系南方日报社原社长、总编辑，现为暨南大学新闻与传播学院院长、教授、博士生导师。）

目 录

目录

—— 2008 年诗章 ——

—— 2009 年诗章 ——

目录

目录

—— **2017年诗章** ————————————————————

2002年
诗章

郑培民：人间烟火外清风拂面

颁奖辞：他身居高位而心系百姓，他以"做官先做人，万事民为先"为自己的行为标准，直到生命的最后时刻仍然不忘自己曾经许下的诺言。他树立了一个共产党人的品德风范，他在人民心里树立起一座公正廉洁为民服务的丰碑。

那么多年

苗族叭仁村的村民在悬崖上一直呼唤您

那么多年

苗族火炉坪乡的同胞一直怀念您

那么多年

湘西大山深处的苗歌里

一直在反复哼唱着您的名字

民众点着心灯在找您

找一个消失在春天的背影

找一个立在稻田里的脊梁

找那双蒔弄土地的大手

在人间烟火外

清风拂面

坐标

郑培民
百姓都说你不食人间烟火
是苗族最茂盛的一棵树
做官先做人　万事民为先
他倒下后，这句话
还站立着

他走过湘西最难走的路
他爬过湘西最难爬的山
他去过湘西最穷的人家
他喝过湘西最甜的水
那是老百姓流出的口碑
他让老百姓吃上最饱满的稻粒
他让湘西成为梦中的湘西
湘西好了，他却走了

1998年夏天，常德安乡县堤垸溃决
洪水猛兽来了。时任省委副书记的他
扛沙袋，值夜班，吃盒饭，睡大堤
80多个日夜，忙得像搬家的蚂蚁
攥紧的拳头和沙哑的喉咙
是那一个夏天有关一位特殊士兵的描述

30多年来
他把自己晒在阳光下，心平气和
阴影与诱惑被拒之门外
妻子儿子走着没有光环铺路的小道
良知站岗，是不生锈的铁将军

在他的磁盘里
存着永不格式化的忠贞
三件遗物一句遗言是他的家传
一本防腐账本
一本廉政记录
一本节操日记本
防火墙上，忠诚被密封

不要闯红灯——
是他留给世间最后的铮言

我们不知道
他清廉操守的一生
是否感动过自己
但，他感动了中国

张荣锁：太行山上最美的天路

颁奖辞：他已经拥有了财富，但他心里装着还在贫苦生活中的乡亲，他已经走出了大山，但他还想让所有乡亲都能够走出与世隔绝的山崖，他成就了一个多少代人未能实现的梦想，他拿出愚公移山的执着和勇气劈开了大山，在悬崖峭壁上为乡亲们开凿出通往外面世界的大道，更在人们的心中打开了一扇希望之门。它结束了一段贫困的历史，开创出一种崭新的生活。

当年，一轮红日站在太行山
太行山红了
今天，一颗红心印在太行山
太行山也红了

在海拔1300多米的太行山
流传着一首曲折的诗行
78根500公斤重的高压电线杆
被960朵映山红合在一起
在24道山岭5道绝壁上
传递千年以来的第一道光和热

从此，太行山深处的回龙村
有了温度有了热度
有了和外面世界一样的心跳

这是太行山深处最美的天路
有最青的山，最红的花，最甘的泉
天路之前
天和路是分开的，有了这条天路
天和路就永不分离了

他叫张荣锁
是河南省辉县市回龙村的党总支书记
一个小小的角色，演绎了核心内容
他用一把智慧的钥匙，在悬崖上凿壁偷光
先打开自己的心锁，再用这把钥匙
替960位村民打开大山的秋色

他散尽百万家财为这条救命路
他穿上现代愚公的风衣
把太行山倔强的脾气驯服
在它身上开山打洞
在太行山魔鬼身材上巧手打扮
一条天路涌出时代的凯歌
千米巅峰上
云的歌喉为大地献唱情歌

王选：心如铁石总温柔的梅花

颁奖辞： 她用柔弱的肩头担负起历史的使命，她用正义的利剑戳穿弥天的谎言，她用坚毅和执着还原历史的真相。她奔走在一条看不见尽头的诉讼之路上，和她相伴的是一群满身历史创伤的老人。她不仅仅是在为日本细菌战中的中国受害者讨还公道，更是为整个人类赖以生存的大规则寻求支撑的力量，告诉世界该如何面对伤害，面对耻辱，面对谎言，面对罪恶，为人类如何继承和延续历史提供了注解。

她的心很软
软到可以让世界摸到她的心脏
她的心很硬
硬到内心的正义声音像铁拳

那些年我们身上的痛
虽然一直用时间去疗伤
但触目惊心的疤痕，像树瘤一样
让良心一层层结痂

一张照片走进王选的内心

2002 年诗章

让她再也没睡上好觉
她像害了一场无法治愈的心病
从1990年就在寻医问药
180位在夕阳中颤抖的老人
是日本细菌战的受害幸存者
残酷的历史走了
他们残酷地活了下来
王选是他们最后的精神保姆
而他们是王选心病的药引
她用正义和良知开路
踏上追讨民族尊严的漫漫征途

变形的手足，溃烂的肢体
180位老人是罪恶历史的活标本
2002年8月27日的日本东京法院
一场正义与邪恶的对抗看似在僵持
然而，正义最终扭松了罪恶的螺丝钉
王选和幸存的老人
终于看到了残阳如血的风景
"如果中国有两个王选，日本就会沉没"
这是世界给王选的一致评语
也是冬天赋予一枝梅花的艳丽

一位柔而不弱的女子
挥舞拳头奔走在异国他乡
散尽百万家财于历史的书堆
撕烂扭曲历史的教科书
用文字安抚不死的灵魂

坐标

用唇枪舌剑击退谎言
在日本东京地方法院
用事实筑起正义的高墙
夕阳的余晖拉长了等待的眼神
此时，罪恶者倒立的头颅锒铛入狱

刘姝威：一双揉不进沙子的眼睛

颁奖辞：她用自己的大智大勇向一个虚假的神话提出质疑，面对一个强大的集团，面对一张深不可测的网，面对死亡的威胁，她以自己个人的力量坚持着这场强弱悬殊的战争，坚守着正义和良心的壁垒。正是这种中国知识分子的风骨，完美地证明了中国还有一双揉不进沙子的眼睛，推动了中国股市早日走上正轨，推动了中国经济的发展。

2010年10月，多事之秋
你的眼里飞进一粒沙子
让你坐立不安，让你身心煎熬
这不是一般的沙子
这粒沙子已经让中国股市体虚
已经让黑手的指甲长得像魔鬼
已经让人工神话泡沫横飞
这沙子
早已让你的双眼红肿
早已让很多人得了夜盲症
早已让你的良心彻夜疼痛

于是，你做了件惊天动地的事
你用一篇600字的短文磨成一把匕首
剥下神话的外衣
从高空砸向裸体逃窜的人
你不害怕却有点后怕
那些被你砸中的人
开始撕咬你
开始威胁你的安危
他们狰狞的脸孔奇丑无比
你像突破黑暗的晨曦
一束光射进人间
天，亮了
什么都看清了

有人会问
刘姝威用什么感动中国
回答如下
有人知道谎言却不敢戳穿
有人知道真相却不敢开口
有人是男人却不敢做男人该做的事
刘姝威是女的
挑出一粒可恶的沙子
还大家一个明亮的远方

如此这般
如此女汉子

张瑞敏：一双拯救休克鱼的"上帝之手"

颁奖辞： 无论在种种赞誉和表彰中，或是在种种质疑和非议中，他都一如既往。以自己的创新与开拓树立了来自东方的产品品牌；以自己的智慧和魄力打造出与时俱进的企业文化；以自己的胆识和勇气缔造着融入世界的品牌传奇。

你有一把普通的大锤
你一生两次举起它
砸坏了很多旧东西

第一次是1985年
你用它砸坏了76台质量问题冰箱
很多旧思想和旧观念被一同粉碎
第二次是2008年
你砸碎了拖后腿的物流仓库
在那场风暴前找到了御寒的睡袋
这把大锤已躺在国家博物馆
智慧的大脑浓缩的都是精华

在你的企业

你可以影响员工的灵魂

你临危受命绝地逢生

是因为你用思想收纳了思想

是因为你用思想重组集体智慧

你一次次在变幻莫测的大海边

用智者的眼，勇者的心

那些缺氧的企业

像一条条濒临休克的鱼

你给它们输氧、换血、更换灵魂

让它们重生

让它们还能闻到海无边的气息

单单1995年，你就钓到18条

红星电器是当时最大的一条

如今，它们脱胎换骨

活得很好

你用太极的杠杆，撬动世界

你是第一位登上哈佛讲坛的中国企业家

你牛得不得了

掌声后面，有些外国人

打了自己的耳光

你的思想是你的黄河

日清管理，人单合一

先有市场，再建工厂

企业是人，文化是魂

你的黄河流进海尔的每一寸土壤

你是参天的照叶林

在世界的舞台上
不只是风景
而且好乘凉

张前东：黑暗中那双明亮的眼

颁奖辞：他在灾难发生的时候做出了一个伟大的选择，虽然他自己已经远离了死亡的阴影，但他却又一次奔向了死神，为的是把生命的阳光同样带给在死神面前挣扎的同伴。他无畏、清醒、果敢，他的人格光辉照亮了黑暗的矿道，照亮了几百个矿工的生命，更照亮了人们的心灵。

2002年6月13日

整个重庆都急哭了

一只挣脱囚笼的猛兽踩断河床

洪流正一步步凝固鲜活的血液

800米深的矿里

几百个心跳忘记了季节和时间

他们的躯体即将被一张大嘴吞噬

黑暗之外正上演的一场赛跑

他们没有任何察觉

弯曲冰冷深邃的几公里矿道

已成为临时赛场

一个人在拼命

在拼命地跑，来回地跑

2002 年诗章

他跟他自己计时
他要去赢取一尊生命的奖杯

本来，他已经逃出虎口
已经看到家里橘黄色的灯光
但他又重返虎口
在深不见底的黑暗世界
他跟黎明透支一盏灯，用来寻找失联的兄弟
他想让他们回家吃晚饭
不想让父母妻儿等得太急
不想让洞口成了溃堤的风景

他是张前东，朴素得像他身上的工服
一种颜色就是他的底色
在矿区，他是最忙碌的人
他给自己加压，脊梁始终笔直
他多年放弃休假130多天
只为黑色世界里那点亮的光
他给每一位负伤的工友洗衣做饭
铁汉柔情，穿行在冰冷的矿道
他是生生不息的风火轮
所到之处，脚下都是炙热的

他是
一条勇敢的蚯蚓
一台不能停下工作的挖掘机
一只黑暗中的萤火虫
他从死神手里夺过一张张绿卡

坐标

领着63位工友兄弟胜利大逃亡
他那双明亮的眼
在黑暗的矿道，就是下凡的星星

一个人只用了一天
就竖起一生的高度

黄昆：在细微的土壤里耕种一生

颁奖辞：他一生都在科学的世界里探求真谛，一生都在默默地传递着知识的薪火，面对名利的起落，他处之淡然。他不仅以自己严谨和勤奋的科学态度在科学的领域里为人类的进步做出卓越的贡献，更以淡泊名利和率真的人生态度诠释了一个科学家的人格本质。

你的一生就像一束光
印在科学的圣经上
前仆后继的人都能触摸到它的体温
你的一生又像微粒世界里的量子
你在里边找寻它们的前世今生
找出无数个和你一样的无名英雄

你的一生都在细微的土壤里
精耕细作
你用60年的光阴种下无数疑问的种子
你的心血
就是土壤的有机肥
你爱得如痴如醉

仿佛忘记和你一垄之隔的田野
花香扑鼻，风景宜人

你的土壤表层坚硬，全是手工作业
你把自己藏在细微的世界
这些粒子量子晶体都是你的好朋友
你与它们相濡以沫
一生不离不弃
它们也很爱你
把它们一生的真相交给你
它们确实很顽皮
捉弄了你一生
你更像一个老顽童
逮住它们，让它们成为你的宠物
陪伴了你一生
享受了你一生

姚明：东方"荣誉出品"的移动长城

颁奖辞：他用高超的体育技能，在一个强手如林的国家运动项目中占有了一席之地，成就了很多人的梦想，更成为中国人的骄傲。他出色的表现和随时听从祖国召唤的爱国精神，使他带给人们的思考已经远远超过了体育本身。对祖国的情感，对现在的把握和对未来的期待，都将使他成为中国体育的象征人物。

熟悉的名字熟悉的绰号熟悉的招牌动作

他是东方"荣誉出品"的移动长城

他2.26米高的城墙

风靡世界，风光无限

他的每一块墙砖

都来自中国的梦工厂

在东方雄鸡的心脏地带

在黄浦江边绿巨人的家乡

他的海拔几乎至人类极限

他的锋芒扫过大洋彼岸

在NBA的聚光灯下

坐标

尖叫和欢呼声就像《黄河大合唱》
7次全明星的个人总结
让世界抛出一次次飞吻
"姚"，不可及
他始终保持原生态的本质
换了头衔换了球衣换了球队
换了很多身外之物
一直没换的
中国心脏

这颗心脏
跳动在东方
跃动在世界

赵新民：心坎里安放人民滚烫的利益

颁奖辞：他出于人民警察的天职，无畏地走向危险。这一刻他无须选择，因为走向危险已经是他的职业习惯，因为在选择做警察的时候，他已经准备好了这一刻。在爆炸带走一个朝气蓬勃的生命的同时，人们的心灵也被强烈地震撼。

丧心病狂的歹徒不会想到
会遇到一个更不要命的拦路虎
他的虎气
为人民而生，为人民而死
在轰隆的爆炸声中
血泊中的这只虎
被整个乌鲁木齐高高抬起

赵新民，虎胆英雄。
你已离开，但没有告别
梅花零落，香如故
你与歹徒周旋中
父母和妻儿被你狠心地忘了
你把完美留给了爱你的城市

却把残缺和遗憾留在人间
一幅画仅少了你的落款

乌鲁木齐下雪了
那年的雪都想成为你冬眠的棉被
都想擦去你脸上身上的血痕
都想让你睡个好觉
那一声爆炸惊醒了春天
你走的那天
纷纷扬扬的雪，含着泪
掏出白色的花
簇拥在你高洁的身旁

濮存昕：天使的翅膀可以无限复制

颁奖辞： 他用人们熟悉的微笑温暖着艾滋病患者的心，他紧握艾滋病患者双手的手传递着社会对他们的关爱，更传播着艾滋病知识，激发着人类战胜这个世界杀手的勇气。他把人们对他的喜爱和信任再度回报给社会，投入到社会公益事业中，以公众人物的号召力，承担起社会责任。

他是一位演员，戴过很多人间面具
中国预防艾滋病形象大使
是他一生最出彩的角色
没有化妆，没有试镜
生活的票房座无虚席

一个特殊的人群
歧视是他们的隔离墙
春天绕身而过，断线的风筝趴在墙上
他们被贴上不幸的标签
就像超市被无理由退货的商品
蜷缩在被社会遗忘的角落
冬天已经很冷

坐标

他们需要人心的棉被御寒
濮存昕抱出所有棉被
陪他们熬过心灵的冬天
他伸出温暖的双手
让不幸儿感知能量可以传递
想象夏天到来的样子

他敞开热情的怀抱
和他们生活的房子仅一墙之隔
让不幸儿咀嚼家的味道
一起包饺子，一起收集遗失的欢乐
让不幸儿懂得幸福可以储存
他把艾滋病儿童抱回家
让断了翅膀的天使早日重飞
他用艾滋病人的毛巾擦脸
他想告诉世界
胆怯、歧视和冷酷
都可以轻轻擦去

三峡移民：长江上喊着祖国名字的伟大候鸟

特别大奖：授予舍小家为大家的三峡移民，奖杯由中国三峡博物馆永久收藏。

他们是长江上伟大的候鸟

嘴里喊着祖国的名字

熟悉这片土地的心跳

潮涨潮汐了几千年

习惯了瞿塘峡蜿蜒的气息

看惯了巫山变幻的云雨

听惯了700里峡江的号子声

如此有力的岁月还在纤绳上晃晃悠悠

埋在175米水面之下的

是120万连着泥土筋骨的心脏

他们拍动着沉重的翅膀

像候鸟一样俯瞰成了镜子的家园

挥手之间，候鸟停在长亭外

水晶宫下方

故土的味道升腾起一道道彩虹
一座座飞翔的桥
搭载百万候鸟
飞向下一个故园

他们是长江上伟大的候鸟
身上都有一抹最美的绿色
头顶都有五星红旗的标志
他们有泪水
像森林一样储在根底
他们有不舍
像断乳的孩子离开娘
他们有大爱
像长江三峡一样伟岸
175米的水上之城
混凝土里凝结着他们的名字
长江三峡写就的这首磅礴史诗
将从东方吟诵至世界
连着13亿人的经络
120万伟大的候鸟
就是优秀的集体作者

2003 年
诗章

杨利伟：第一个会飞的中国人

颁奖辞：那一刻当我们仰望星空，或许会感觉到他注视地球的眼睛。他承载着中华民族飞天的梦想，他象征着中国走向太空的成功。作为中华飞天第一人，作为中国航天人的杰出代表，他的名字注定要被历史铭记。成就这光彩人生的，是他训练中的坚忍执着，飞天时的从容镇定，成功后的理智平和。而这也正是几代中国航天人的精神，这精神开启了中国人的太空时代，还将成就我们民族更多更美好的梦想。

2003年10月15日，露水摇醒清晨
一个国家在准备一个欢送仪式
一个人的早餐和包厢，全国人民都是服务员
人们目光向上，那个地方很遥远
只能靠毕加索的想象
那有没有人群的街市
那有通向未来的航班
那有真正的星光大道
那有一张无边界的床
世界都想睡在那

坐标

彻夜未眠的酒泉精神抖擞
中国的良辰吉日
吉人，自有天相
中国没有发邀请函
全球的目光都来了
目光又长又扁
他们想看看中国红不红
想看看中国的首演
数千年之前，敦煌壁画上的飞天
绝对不是一种单纯的想象
贵州那款印着飞天女神的美酒
浓香，早已飞越千年
明朝万户飞天的故事
是一粒火种的窖藏
月球上的嫦娥
是诗意中国最美的表情

你出征的时候到了
号令如山，健步如松
勇者不惧，旷野千里
智者不惑，目光深邃
我不知道你在想什么
但我知道，几千年的梦想浓缩在此时
13亿人的宠爱集于你一身

点燃你的瞬间，好美
我看见你和白云擦肩而过
我听见整个中国的心在跳

昨夜的星辰

都在注视你这位稀客

一抹红环绕苍穹，舷窗外

你在分辨雄鸡的版图

你收到了长江黄河的飞吻

你看见了南中国的海

你在问候世界

虽然初来乍到

却毫不生疏

你是第一个会飞的中国人

自身的重量加上飞船

就是一个国家的体重

13亿人的手在托举你

你自然能远走高飞

钟南山：白衣天使矗立的思想靠山

颁奖辞： 面对突如其来的SARS疫情，他冷静、无畏，他以医者的妙手仁心挽救生命，以科学家实事求是的科学态度应对灾难。他说："在我们这个岗位上，做好防治疾病的工作，就是最大的政治。"这掷地有声的话语，表现出他的人生准则和职业操守。他以令人景仰的学术勇气、高尚的医德和深入的科学探索给予了人们战胜疫情的力量。

那些年里发生了很多事
有座山的名字是见证者
钟南山
山很高，挡住了肆虐的北风和雨雪
山很密，健康的思想遍地开花
山很险，足以让歪门邪道坠落山崖
他是这座山的忠诚卫士
传谣猜疑者如同拄着道德拐杖的人
一律谢绝入内

他用良知和操守护着这座山
用听诊器分辨人性的善恶

他曾在这座险峰上悬壶济世
用平生随身而带的一只壶
倒出科学的真理
SARS 的进攻
在山腰上被有防备的心
打得落花流水
丢盔弃甲
那是一个让人窒息的岁月
很多人把自己绑在家里
很多人在反省自己的嘴
很多人开始立地成佛
很多人在为自己的灵魂动手术
钟南山这座力量的山
抖出了一句话
安慰了一个躁动的森林
于是，风平了，浪静了

SARS 不可怕
科学的手术刀可以消灭它们
一物克一物，一物降一物
一座山底下
彻底埋葬了一些人类讨厌的东西

达吾提·阿西木：废墟上那堵不倒的墙

颁奖辞： 他隐藏起最深重的悲痛，他握紧心灵的伤口，在他那颗流血伤痛的心里还装着更多的村民。他以一个共产党员对群众朴素的情感，在百姓中传播着温暖；他以舍我其谁的气魄，在危难的时候担当起百姓的精神支柱；他在废墟中挺起脊梁，他的坚强和无私为刚刚经历了噩梦的村民们撑起重建家园的希望。

2003年2月24日的新疆巴楚

刮来一道伤心的风景

巴楚乡的房子倒了

阿西木的心也碎了

他的爱妻、大儿子、大儿媳、二儿媳

还有一岁半的小孙子

以一种残酷的方式离开人间

嘴唇干裂的大地，思想一片空白

热腾腾的饭菜瞬间失色变味

家园成了被拆散的拼图

五个亲人没有喊出一句救命

他们也许知道，阿西木太忙了
巴楚整个乡的百姓都是他的亲人
都是他的父母和兄妹
他心里挣扎的爱，被撕成废墟上的一条条纱布
包扎着看不见血的临时伤口
止痛药，是骨子里对党的忠诚

废墟上
人们看到这个可敬的男人
他缝补好自己流血的心
让破碎的家还有残存的一堵墙
可以做心灵的靠山
悲戚的眼神看见这堵墙
墙上刻着镰刀和锤子的图案
废墟上颤抖的手摸到这堵墙
他从墙上取下镰刀和锤子
抱在胸前，走向废墟
按下内心暖流的总开关
在黑暗的废墟上凿出第一个黎明

废墟上人们看到这个可爱的男人
他放下了亲情
拾起了民情
巴楚的春天全程录了像
他失血过多的心
依然圆满完成了主角的任务
暴雨后的巴楚
一弯彩虹是人心搭成的桥
他在桥上，成了风景

陈忠和：历经风雨捶打的大榕树

颁奖辞：他带领女排赢得了久违的胜利，而他的贡献不仅仅在于一座阔别了 17 年的奖杯，更重要的是，他把自己面对人生不幸坎坷的生活态度融入体育事业中。他不仅在教女排姑娘们怎样打球，更在引导女排如何面对人生荣辱，他使女排真正感受到什么是体育的魅力，他使女排和他一样，无论面对成功还是失败总能面带微笑。这种微笑出自内心，也因此更加动人。

一棵寂寞但耐得住寂寞的
大榕树，很像他
岁月是沧桑的雕刻大师
榕树一把年纪了
这些年，它成了风雨的出气筒
身上的道道伤痕
让它的皮肤弹性更好
凛冽的风把它挤出森林之外
它在一个安静的角落
收拾季节的冷落
不同寻常的春夏秋冬

2003 年诗章

见证了多云转晴的天气
经历了闪电雷鸣的雨夜
没有移动脚下的土地
因为熟悉，因为爱
因为头顶那葱茏的绿

陈忠和就是他老家的大榕树
大榕树是大丈夫
在不断变换的人生赛场
他把梦想的球扣得很远
但始终不会出界
命运的球曾把他砸得
眼冒金星，血流满面
但一支队伍的力量
让他在 17 年后听到一首
熟悉激昂的旋律
因为始终爱着这首歌
他的队伍
攥成了一个挥舞的拳头

梁雨润：风中那朵雨做的云

颁奖辞： 他视百姓为衣食父母，他以人民利益为根本利益。他有着高度的责任感和使命感，他矢志不渝地追求着为老百姓办事的政治理想，而这种追求需要莫大的正气和勇气。这样的为官生涯，架起了执政党和百姓之间的桥梁，完整地体现出一个执政党的执政原则：立党为公，执政为民，而这也正是百姓和国家的希望所在。

山西省夏县的晴空
风中有朵雨做的云

云很洁白
云和着清风，和着
老百姓家中的炊烟
那洁白的云
是柔软的雨，润泽在
夏县的田间地头
屋前屋后，以及那一片枣树
雪地抚平旧伤，葡萄园公布了一件心事
一些常年干涸的土地

2003 年诗章

开始自我修复
田畴开始擦上口红
乡村的性格开始温柔起来

这是一场及时雨
他的心是软的，在为民请愿时
他的心是硬的，在敢于翻案时
他把沉案旧案积案暴晒
让迟到的正义不再缺席
他不徇私情，权力被锁进笼子
为官心冷，为民血热
把自己变成零摄氏度以下的人
他为冤死的群众扶棺
把民情舆论一针一线缝好
官可不做
老百姓的事不能不办
这就是飘在夏县民众头上
那朵雨做的云

他用铁的尺子丈量人生
老百姓有了好饭的日子
就是天天好日子

为官一任
就是为老百姓做好每一顿好饭
就是让老百姓吃上每一顿好饭
纵使累着，但也不会饿着

成龙：精彩绝伦的中国龙

颁奖辞：作为演员，他以对事业的执着追求和顽强的拼搏精神，演绎了精彩的艺术人生，在国际影坛上展现出中国影人的形象，为世界打开了一扇了解中国文化的窗口；作为公众人物，他以对国家的情感和对社会的爱心，影响着他人，在最需要的时候鼓舞着人们的信心，传递着人与人之间的温情。

你不是传说，但很多传说中
都有你，你不是传奇
但你与很多传奇有关
你是一条飞翔的中国龙
身披五星红旗
脚踏祥云
这是世界给你定下的标准像

你站过世界很多的舞台
却总喜欢面朝东方
那是日出的方向
那是雄鸡报晓的地方

你用歌声演绎中华的魅力

你用演艺传递家国情怀

你是大中国的形象大使

你是一位可敬的大哥

当有人失去正直和方向，随波逐流

当有人忘记母语和国籍，崇洋媚外

你有一双有力的大手

扶正很多弯曲的脊梁

堵上很多丑陋的嘴巴

你以精湛的中华武术

让世界看见郁郁葱葱的森林里

中国有好大的一棵树

很多人都想像你一样成龙

成为一件有分量的国宝

我想说，人中龙凤不好做

做一个堂堂正正的中国人

就是开卷考试

巴金：一座永不泯灭的心灵灯塔

颁奖辞：穿越一个世纪，见证沧桑百年，刻画历史巨变，一个生命竟如此厚重。他在字里行间燃烧的激情，点亮多少人灵魂的灯塔；他在人生中真诚的行走，叩响多少人心灵的大门。他贯穿于文字和生命中的热情、忧患、良知，将在文学史册中永远闪耀着璀璨的光辉。

一位文学的巨匠
一百年来匍匐前进在案前
焚膏继晷，宵衣旰食
雾雨电交响的日夜
他步履蹒跚却不忘初心
几经沉思，用洗涤灵魂的方法
把文学的思想
一点点植入人间
埋在人民的大地
静听花开的声音

一位心灵的雕刻师
他把小家安放在国的胸前

把真话写在百年的春秋典史中
平实无华的人生，好似
一坛酱香型的百年老窖
一滴溢出，则芳香人间
人性的随想伴他走完
一个世纪，一座永不泯灭的灯塔
曾让多少迷失的人
找到家和国的方向
数出心脏正确跳动的次数

沐浴百年阳光的老人
很安详，很安静，很安心
他身旁的文学土壤早已花香诱人
春芽嫩绿，他脚下的绿地早已进入青春期

头发已被岁月染成北方的雪
一抹新绿种进他的心窝
他在窗前的椅子上
怀念萧珊，怀念深爱的时光
怀念一本让他心灵回家的书

尾山宏：轻轻为你点个赞

颁奖辞： 一位70岁的日本老人，承受着巨大的压力，用自己大半生的时间对日本政府侵华战争的罪行进行着不懈的追问。在他身上，人们看到了跨越国家和民族的正义力量，这力量启示着人们，在捍卫正义的道路上，人们可以超越一切界限，而唯一不能失去的就是正义响在心中的声音。

一颗赎罪的心

不是出于慈悲，也不是出于

同情，而是出于

历史沉重的呼吸

这个日本老人，跨过正义的国界

正在学习中国的飞象过河

耗平生精力校正历史

用良心擦去蜘蛛网盖住的文字

搬开阴影投下的凳子，直接坐在阳光下

一副老花眼镜后面

是依然正常的视力

尾山宏，我要为你轻轻点个赞

日本的右翼总想用遮羞布裹住历史
蒙蔽天下，然而
正义和良知总能行走天下
他们不想在教科书上改正错误
他们不敢直视幸存慰安妇的眼睛
他们不敢去回忆731部队的恶行
真是笑话！一个国家欠下的罪行
怎能凭抵赖
就能抵消

尾山宏的世界，黑与白是主色调
富士山很美，樱花很美
白滨町的南国风景也很美，但
尾山宏的正义之心更美
2003年，尾山宏在洁白的公寓里
喝着一杯浓浓的绿茶，思想疙瘩被融化
他让内心的阴影走进阳光地带
代表日本人民对中国说了一句话——
勇于忏悔自己国家的罪行
才是真正的爱国心

因为这句真心话
中国为尾山宏轻轻点了个赞

衡阳消防兵：怀念撞击我身体的那团火焰

颁奖辞：他们以火一样的激情投身火场，他们怀揣群众利益走向危险，他们用自己的生命捍卫了他人的生命，捍卫了武警消防兵这个崇高的职业。那壮烈的一幕将永存史册，他们勇往直前、舍生忘死的英雄气概更将长留在人们心里，那将是对什么是敬业精神的最好诠释。

这是一个特别的黎明
熟睡的城市枕着小街灯
昨夜星辰还不忍离去
它眼睁睁地看着这些孩子
在烈火中永生

这是他们早已想好的梦境
当演练成为现场，早晨因烧烤而失血
穿上这身迷彩的衣服，在母亲遥远的叮咛里
他们，都是一夜长大的孩子

在可怕的火场
他们的每一个举动都是

可敬的
年轻的身体承受着高温
坍塌，爆炸，浓烟，火海
是他们每天的面对
这些总往"火坑"里跳的孩子
你有没有看见，他们身上飘动的火苗
就像母亲的手
唤他们回家

20位年轻的孩子
他们腾出了一条几百个家庭回家的路
却耗尽了自己回家的时间
大地的黑圆圈蔓延着瞬间的失恋
从凌晨一直到傍晚
20位母亲和这座城市
一天都无法下咽

这20束明晃晃的火焰
点燃沉静的夜空和默哀的城市
窗台上的玻璃瓶，换了透明的液体
从此，火焰的光撞击着每一个早晨
在城市的梦里
20朵鲜花
芬芳不败

2004 年
诗章

牛玉儒：草原上不肯离去的孺子牛

颁奖辞： 名叫牛玉儒，人像孺子牛，背负着草原人的幸福上路，这幸福是他的给养，也是他的方向。风雨人生、利弊得失，他兢兢业业地遵循着"位卑未敢忘忧国"的祖训。为官一任，他给我们留下激情燃烧的背影，让精神穿越时代长青。他让活着的人肃然起敬；他让天空成为雄鹰的故乡！

他是草原的孺子牛
草原是他的最爱，一生的乳汁
只为这无边的绿色

他把人民的利益背在肩上
俯首大地，精耕细作的步伐
只为草原上升起不落的太阳
阳光下，他和草原
敞开心扉，无话不谈
倒出了要一辈子恋爱的理由

他把忠诚写在草原流动的绿上
鞠躬尽瘁，无怨无悔地前行

只为了蓝蓝白云，会唱歌的牛羊
他是一头草原无法忘怀的孺子牛
一种姿势保持了一辈子
他的一生，草原都铭记在心
谁也离不开谁。那一年
"非典"横行，草原上没有大树
他就是最粗壮的一棵
风夹着雨，但人心没被吹跑
黑夜里，生起的篝火驱散寒意
他在风口安营扎寨，生起篝火
用透支的生命养分最后一次
反哺无边的绿色
耗尽了回家的时间

在占地500亩的考卷上
交出了——
480个病房、800张病床的"非典"救治中心
安全地带上，红旗招展
"非典"和野兽被锁进铁笼

一张100分的考卷
他带不走，还留在草原上
白云缓缓行着注视礼
牛羊亲吻着他的名字
他倒下的地方
精神的大厦高高矗立

刘翔：飞人头顶盘旋的喜与忧

颁奖辞： 12秒91，他就实现了一次伟大的跨越，100年来的纪录成了身后的历史，十重栏杆不再是东方人的障碍，因为中国有刘翔，亚洲有刘翔！这个风一样的年轻人，他不断超越，永不言败，代表着一个正在加速的民族。他身披国旗，一跃站在世界面前。

12秒91，在极速的世界舞台上
一阵旋风扬起中国笑脸
黄色的翅膀在超音速飞翔
时空被叠加，速度与激情在忘情干杯
东方提前露出鱼肚白
2004年雅典的那晚
整个中国因为兴奋没有睡意

幸福和欢乐在盘旋
你是巅峰，你是王者
你是一个赛场的感叹号
你是被追逐的风
你是翔飞人

多年来，这个赛场的终点
总是缺少一个黄皮肤的身影
盛宴的遗憾，因为没有东方的味道

你是一座积蓄太久的火山，还是
一锅煮沸的水，一把冬天的火
一口喷油的井，一次喷薄的早晨
都是你
你风一样跨过一个时代
那一瞬间，是雄鸡引颈高歌的表情
秒表上惊叹的数字后面
是世俗的风败下阵后的目瞪口呆

海平面一样宽广的人群在风中欢呼
身披五星红旗的影子
被反复播放，被无限放大
你飞得很累，高空盘旋而无法找到降落的支点
一只疲惫的鸟
一头栽下来，世界吓了一跳

之后，你因为伤情而缺席两次盛会
惋惜、感叹、指责和迷茫
一个国家的温度
温暖着你，为你疗伤
风停了，人们在屏息中等待
王者归来，等待那股曾经迷人的风
再一次席卷110米的核心区域
再一次抽打那些惊悚的眼神
再一次上演速度与激情的中国拥抱

任长霞：一抹朝霞轻轻叩开黎明之门

颁奖辞： 她是中原大地上的又一个女英雄。扫恶打黑，除暴安良，她铁面无私；嘘寒问暖，扶危济困，她柔肠百转。十里长街，白花胜雪，挽幛如云，那是流动在百姓心中的丰碑！一个弱女子能赢得百姓的爱戴，是因为，在她的心里有对百姓最虔诚的尊重！

天边最美的一抹朝霞
伸出兰花指，轻轻叩开
黎明之门
黑暗躲在门后，自叹不如

黎明的第一缕温暖
照进河南登封
洒在十里长街
白花染成黄花
如云的挽幛像朝霞的辫子
一场盛装的风景
为了一个不想告别的人

她一直忙着，一直操劳着
一直累着，是该躺下休息了
整个中国为你请安
任长霞
生荣死哀的女神警，够硬
百转柔肠的百姓贴心人，够软
她的一生就像一篇宣言
言简意赅
黑夜和乌云总能被她粉碎
光明和正义总能让百姓一目了然
春天已经苏醒，燕子呢喃着你的芳名
简洁的案前，宣言里的每个字都力透纸背
她是黎明的朗读者
声情并茂，美存人间
一树凤凰花的热烈可以高度概括

她的一生是一本诗集
平仄之间，柔美含蓄
丈夫、儿子和亲人是她耳畔的风铃
摇晃的声音，迷离了她远去的背影
弱势群体占据了她的内心
无法言喻的秋色之外
她是整个秋天的收藏者

诗集是她的一生
她的一生一目了然，但未必
谁都能真正读懂

明正彬：刀尖上的精彩舞者

颁奖辞：刀尖上的舞蹈，之所以能够夺人心魄，是因为那是铁与血的交响。明正彬就是在刀尖上跳舞的人。在毒贩子面前，他吓不怕，买不动、难不倒。而毒贩子在他手下，过不去、藏不住，逃不掉。因为有他和他的战友，我们才能享受阳光的灿烂。

白色的混沌世界里
一把钢刀横亘在面前
钢刀边缘　恶心的白色粉末
沙画成一张垂死挣扎的网
网里头，腐朽的味道已经分解
苍蝇和吸血鬼正在潜伏

刀尖上的舞者，英气逼人
没有替身，没有任何安全防护
刀尖成了美丽的天鹅湖
淡定从容的舞者
死亡游戏他玩多了
他，尤其喜欢独舞的快乐

坐标

网内的嘴脸，穷凶极恶
刀尖上的舞者用眼光投弹
炸向他们的心窝
火光中，我看到了他的绝技

刀尖上的舞者，让台下的观众
为之捏一把汗
虎穴里，他机智勇敢
把脖子一伸，心一横
好似在导演一出戏

面对上膛的子弹
他能让子弹飞
面对冰冷的匕首
他抽刀断水的绝技
至今仍是魔术

丛林里，他甘愿自陷囹圄，引蛇出洞
那些坏家伙想学捕蛇高手的本领
用500万买他不屈服的人头，想得美
要知道，他是刀尖上的不死鸟

面对恐吓绑架和燃烧弹的威胁
他横眉冷对毒贩，就当臭屁虫暴露目标前的发泄
口袋里供他们挣扎的氧气
只会越来越少。
面对家庭和亲人，他柔肠百转，很想说

妈妈，别怪我

妈妈不会怪你
毒窝里的蛇倒很怪你
怎么还不累
怎么还站着
没办法！你是一名刀尖上的精彩舞者
你的舞蹈很耐看
无人能复制
你身后刮起的旋风
让爬出洞口的蛇闻风丧胆
洞口，一把阿提拉的弯刀在冷笑

你无畏地在洞口
竖上一块警示牌——
捕蛇者
明正彬

袁隆平：一人端起一个国家的饭碗

颁奖辞：他是一位真正的耕耘者。当他还是一个乡村教师的时候，已经具有颠覆世界权威的胆识；当他名满天下的时候，却仍然只是专注于田畴。淡泊名利，一介农夫，播撒智慧，收获富足。他毕生的梦想，就是让所有人远离饥饿。喜看稻菽千重浪，最是风流袁隆平！

青青的稻田里
都是他饲养了一辈子的孩子
他每天都要去看护它们
找出它们的异同点
发现它们和人类一生的关系
让它们在最高境界的组合里
成为最匹配的夫妻
为人类诞下越来越多的种子
袁隆平一生都是水稻的红娘
功德无量

为了让水稻都能成为超级宝贝
他一生都耕耘在不同的方格里

他熟悉这片土地的味道
他了解祖国母亲孩子多的难处
他是个大孝子
能为国分忧
一人端起一个国家的饭碗
他一生都在田畴里寻找
生活的乐章
一行行田垄溢满他朴素的情怀
他是一位伟大的农民歌手
是农民兄弟的哥们儿
那弯腰和不知疲倦的身影
很像春耕时的牛
一头亲爱的老牛

超级宝贝是幸运的
找到了世上最好的爹
他不是生父，却是魔术师
最终让它们都成为明星
走上了让世界回味和咀嚼的
星光大道

超级宝贝是懂得感恩的
每当层层稻浪来袭
每当金色的乐章响起
它们都会以饱满的状态
虔诚的鞠躬
向这位一生站在稻田里的伟大魔术师
行叩拜礼

徐本禹：一滴水的能量超乎想象

颁奖辞：如果眼泪是一种财富，徐本禹就是一个富有的人，在过去的一年里，他让我们泪流满面。从繁华的城市，他走进大山深处，用一个刚刚毕业大学生稚嫩的肩膀，扛住了倾颓的教室，扛住了贫穷和孤独，扛起了本来不属于他的责任。也许一个人力量还不能让孩子眼睛铺满阳光，爱，被期待着。徐本禹点亮了火把，刺痛了我们的眼睛。

一颗年轻的心

能在贵州的山旮旯里安营扎寨

烛光照亮土墙泥瓦

外面很冷，炉火很旺

童心围拢过来

扑闪扑闪地向他发问

你为什么会来这里

是他们感动了他，还是

他感动了他们

两间乡村教室和一个支教者

他们牵手走进了一条新闻

走近这个志愿支教者
他们内心比山沟还深邃
他从象牙塔钻进这片桃花源
不是他恋上风景，而是
风景恋上了他
他很美，跟贵州的山水一样
没有污染

他很纯粹，跟山里的孩子初见
一个陌生人的光临
没有蓄谋
他把志愿者的行动和诺言
化成琅琅书声挂在山之深处
让看风景的人
成为风景的求爱者，然后
一起站成这道风景线

那一天
山花烂漫
你有没有看见
很多人在丛中笑

田世国：一个举动温暖天下娘心

颁奖辞："谁言寸草心，报得三春晖？"这是一个被追问了千年的问题。一个儿子在2004年用身体做出了自己的回答，他把生命的一部分回馈给病危的母亲。在温暖的谎话里，母亲的生命也许依然脆弱，但是孝子的真诚已经坚如磐石。田世国，让天下所有的母亲收获慰藉。

田世国是母亲的一个儿

是母亲身上掉下的一块肉

是十月枝头的那只金丝鸟

是一首秋收的歌谣

是稻田里金黄的稻穗

是一只红着脸说话的苹果

田世国捡起这块肉

反哺的动物反应由此而生

以最柔软的举动

温暖天下娘的心

捐肾救母

2004 年诗章

田世国用一个秋天
还给母亲一个春天

田世国摁响大爱的门铃
不曾忘记那第一声啼哭的意义
不曾忘记一滴水对天空的恩情
母亲那盏灯，曾经
照亮清晰的远方，曾经
照进一片桃花林。如今
母亲这盏灯快被风吹灭
严冬来临的脚步很急促，儿的臂膀
弯成一只袋鼠的口袋

田世国用身上的另一块肉
给了生他养他的母亲。虽然是移植
亲情的黏合剂作用巨大
春天来了，冬天留下的伤痕已愈合

天下的母亲都在看着他的举动
仿佛这块肉
都叠加到了她们心里

梁万俊：万米高空一只洒脱的鹰

> **颁奖辞：**鹰是天空中最娴熟的飞行家，但是他却有比鹰还要优秀的飞行技能。万米高空之上，数险并发之际，他从容镇静，瞬间的选择注定了这次飞行像彩虹一样辉煌。生死8分钟，惊天一落，他创造了奇迹！为你骄傲！中国军人，钢铁是这样炼成的。

一只鹰的高空经历
是云彩和星星的对话
万米之上，时间被瞬间拉长
天空是一张够大的温床
喜欢一路向天歌的人

你驾驶新型战鹰在试飞，此时
你就是一只熟悉飞翔的鹰
两鹰合璧，鹰击长空的弧线
构成世上最美的行为艺术
也是世上唯一没有观众的表演

鹰的坚毅和果敢

2004 年诗章

让天空多变的脾气也变得顺从
鹰爱着天空，天空也爱着鹰
鹰的一切行为，天空都看作是孩子
成长的表现。一只鹰的感恩
是在天空深处飞得更远更深

梁万俊是一只锐不可当的雄鹰
他操作着失去动力的战鹰，想着
回到可以聆听母亲心跳的本场
回到堆满书籍的房间

他有多次逃生的机会
但他都毫不犹豫地浪费了
他让战鹰从狂躁变得安静
从恐慌变得淡定
从高空到地面
从地狱到人间
从一起可能发生的飞行事故
变成一个出彩的故事

孙必干：战火纷飞处的一抹夕阳红

颁奖辞：他于花甲之年临危受命，远离故土只为续写使命传奇。为了达成和平，他游刃于战火之间，为了挽救生命，他斡旋在死亡边缘。"苟利国家生死以，岂因祸福趋避之。" 2004 年，这个老人不知疲倦地奔走，前方，是他必赴的使命；身后，是让他骄傲的祖国。

伊拉克这兄弟
这些年多灾多难
饥饿，战火，炸弹，死亡就像
邪恶入侵机体
烧焦的土地在红着眼呻吟
废墟上的人们在跟他的国家一样
面无表情
汽车炸弹就像闹钟一样此起彼伏
死亡在这里是悲壮的垃圾风景

这个多难的兄弟
好多人都想来帮一把拉一把
帮他整整形

2004 年诗章

帮他清洗发炎的伤口
帮他梳理遍体鳞伤的模样
然而，好多只是远水
孙必干，漂洋过海
送水来了

可敬的孙大使
花甲老人搁下安逸选择报国
临危受命，他想学一回廉颇的作风
危处必定险
穿越死亡之路玩的是"过山车"
复馆工作是让五星红旗
重新开口说话
解救中国人质是把信念当成防弹衣
肩挑使命而不辱使命
在战火纷飞处吟诵唐诗的月光
像战狼一样凯旋

一个可爱的中国老人
在异国他乡
处理了一场场纠纷
一抹夕阳红
绽放最美的中国表情
世界向他举杯

桂希恩：给善莫大焉一个特别注解

颁奖辞：他清贫而充实，温和而坚定。仁者的责任让他知难而上。他让温暖传递，他让爱心汇聚，直到更多人向弱者张开双臂，直到角落里的人们看到春天。他不惧怕死亡，因为他对生命有更博大的爱。

在河南文楼村
有一只猫
盯着一个有敌情的角落
斜视的风想赶跑这只猫

桂希恩是个不受欢迎的人
他发现了这里的与众不同
一个用遮羞布都无法遮掩的事实
艾滋病这个魔鬼闯进了村庄
这是问题的事实
也是事实的问题

桂希恩的心里下起了雪
很冷的屋外，有一群更冷的目光

2004 年诗章

那些无助而求助的眼
像已经干枯的禾苗
没有了稻穗的光芒和饱满
一座村庄走在冬天的冰河上

那些被孤立的人群
像失散在丛林的小鹿
桂希恩是他们心灵的饲养人
把艾滋病人接回家同吃同住
把手往后伸一伸
多少坠落的心被接住，一同接住的
还有星星的笑脸

孤独者的事业在冬眠
艾滋病防治工作正在苏醒的路上
润物细无声，桂希恩这场春雨
淅淅沥沥地下了一辈子
裂开的心得到湿润
绝望的眼神有了阳光的反射
桂希恩老骥伏枥
在这条人迹罕至的道上
用绿蔓编成安全护栏
来来回回，无怨无悔
善莫大焉的标语被高悬村口
炊烟里，家的味道被重新释放
炉火旁，暖意浓浓
一只猫的温存让人刻骨铭心
屋檐下，清风徐来

坐标

一只燕子的呢喃沁人心脾

有句话说得好，生命有裂缝
阳光照样可以透射进来

2005 年
诗章

魏青刚：人海中那朵晶莹的浪花

颁奖辞：沧海横流，方显英雄本色！为了一个陌生人，他在滔天巨浪中三进三出，危险面前，他根本不需要选择，因为这瞬间动作源自内心品质。从人群中一跃而出，又悄然回到人群中去，他，是侠之大者。

一个让城市陌生的年轻人
只有农村户籍和居住证
农民工的身份加上平凡的内心
他像一只蚂蚁一样，走好自己的路
一直走在城市的良心通道上
畅通无阻

人海也是海
人心就是岛屿与岸
那一刻，魏青刚腾出正义的岸
从人海中纵身跃进大海
风很大，浪很高，人很多
陌生的女子在浪涛中挣扎、呼唤
人海中的那朵浪花

托着魏青刚奔袭而来。一条鱼的惊艳
就此拉开序幕

他，是普通的农民工
和这座繁华的城市
不是远亲也不是近邻
他原来只是看风景的人，没想到
瞬间，已成为一道铿锵的风景

他在巨浪中拍打着
道德的手臂
如一双海燕的翅膀
海很深，他想得很浅
浪很大，他很小
他三次下海救人
完成一座城市跟他的恋爱过程
消失的背影和不辞而别
让一座有温度的城市
亮着灯在参加一次集体质检考试
在最后的自选题上，每人都说了心里话

寻着这异乡的口音
透过他腼腆的表情
他是一个流动的春天

丛飞：我为你生命的歌唱喝彩

颁奖辞： 从看到失学儿童的第一眼到被死神眷顾之前，他把所有的时间都给了那些需要帮助的孩子，没有丝毫保留，甚至不惜向生命借贷，他曾经用舞台构筑课堂，用歌声点亮希望。今天他的歌喉也许不如往昔嘹亮，却赢得了最饱含敬意的喝彩。

我为你生命的歌唱喝彩
你流浪的青春
曾和苦难歧视饥饿落魄为伍
曾和一朵浮萍相依为命
曾和一堵残墙透露过内心
你孤傲的思想
挣脱这些强加于你的有期徒刑
你用歌声证明
流浪的青春
一样有诗和远方

我为你生命的歌唱喝彩
你用爱心围拢歌唱的舞台

好像你最初的声音
就是为了那些清澈的眼神
和那些稚嫩的翅膀
能飞得更高
雨后的山村和那些童话里的孩子
有一扇门是专为你打开的
那扇门，曾经有很多梦想
被你带出山外和丛林
放飞。孩子们飞得再高
也忘不了你手中的那根线
那根线上，系着他们
爬满了想念你的音符

我为你生命的歌唱喝彩
你穷其一生
在那座你眷恋的爱心舞台上
完成一束火苗最后的跳跃
温情的聚光灯注视着你
当你打开最后一个礼物盒
全场熄灯，那是你的眼神
在我们头顶
闪烁

黄伯云:"中国芯片"里储存的诗意传奇

颁奖辞: 这个和世界上最硬材料打交道的人,有着温润如玉的性格,渊博宽厚,抱定赤子之心;静能寒窗苦守,动能点石成金。他是个值得尊敬的长者,艰难困苦,玉汝以成,3 万里回国路,20 年砺剑心,大哉黄伯云!

北半球睁大了好奇的眼睛
看着一位黄皮肤黑眼睛的中国人
不肯放下自己的贴身衣裳
和母语
美国的亚热带气候想软化他
他有最硬的外壳材料做装甲
一颗柔软的心脏
总能和北京时间同时醒来

10 年寒窗,他在美国"凿壁偷光"
他在试验室里找到中西方的差异
梦想从没被分解开
很多杂质离开梦想的边缘
这些洋垃圾,一点都不健康

而他热恋的故乡，苍天后土
是白杨礼赞的地方

洋流的方向牵引着他
他把祖国和母语压缩在大脑
只想在一棵大树下
按照东方脸谱
种出自己的春天

他做到了
在美国的象牙塔里做搬运工
塔尖上插着五星红旗
塔体内那个最强大脑
一块中国芯片开口说话
对世界广播的是中文
负责翻译的是英文
全世界的人都听懂了
只有美国哑口无声

李春燕：田垄里行走的苗乡月亮

颁奖辞：她是大山里最后的赤脚医生，提着篮子在田垄里行医，一间四壁透风的竹楼，成了天下最温暖的医院，一副瘦弱的肩膀，担负起十里八乡的健康，她不是迁徙的候鸟，她是照亮苗乡的月亮。

苗乡人都看见了，那一枚
田垄里行走的苗乡月亮
瘦瘦的清晖，纯纯的暖白
一个平凡的天使
以不平凡的内心
做出有悖于常理的决定
她要远离城市，在苗乡安营扎寨
她要成为苗乡的一盏灯
她要成为苗乡的心脏里
自由出入的人

苗乡下了一场夜雨。第二天清晨
苗乡的老百姓都看见
村里多了一个小诊所

坐标

低矮的房子，简单的陈设
却很温暖
穿着白大褂的年轻李医生
比窗外的风景还美
更美的是，来这里看病的村民
都可以赊一本健康的账
她在行医，更是在行善

月亮还在空中，好圆好亮
那间小房子，月色铺满她经常失眠的卧室
案上尘生，那一本本账本
是她爱心的记录
这是一间小房子
这也是一间心灵的炼丹所

李春燕，是那苗乡的月亮
苗乡的月亮不喜欢城市，是因为
城市的月亮能看见人的脸，而
苗乡的月亮能看穿人的心

她行医的竹篮里
还装着她的誓言和初心

李春燕，是那苗乡的月亮
瘦瘦的清晖
纯纯的暖白
高悬在苗乡
美过十五的月亮

洪战辉：象牙塔唱出的山鹰之歌

颁奖辞： 当他还是一个孩子的时候，就对另一个更弱小的孩子担起了责任，就要撑起困境中的家庭，就要学会友善、勇敢和坚强。生活让他过早地开始收获，他由此从男孩开始变成了苦难打不倒的男子汉，在贫困中求学，在艰辛中自强。今天他看起来依然文弱，但是在精神上，他从来是强者。

一个瘸腿的家
早已在风雨飘摇中犯了严重伤寒
没有逻辑的父亲
砸碎一个温暖的鸡蛋
蛋壳碎了，蛋黄流了一地
倾斜的房顶，萧瑟的冬天
心上那层盐霜，和苦味结在一起
一个家，早就无法言语

他是唯一没带病菌的人
盐能帮他止痛，霜能让他埋葬记忆
他背着一个伤口发炎的家

坐标

手里撑着书包，肩上扛着妹妹
徘徊在生活的底线
粗急的喘气声，逆流张大了那吃人的嘴
所有物品，都长得很狰狞

租住的小屋里
氧气稀薄，光线昏暗
他为自己充电
为自己制氧
他在夜深人静时重新组装
零碎的梦想
然后，让梦想
触底反弹，能够像一条鱼游出泥潭
他在底线的乐谱里
咬破手指写了一首山鹰之歌
殷红的黎明
为这首歌配上有色彩的背景

山鹰抖落身上的阳光
储存在密封罐里，绿叶探出头
整理好葱茏的心事
一棵棵树上，山鹰之歌嘹亮

陈健：心河荡漾着承诺的漂流瓶

颁奖辞：一个生者对死者的承诺，只是良心的自我约束，但是他却为此坚守37年，放弃了梦想、幸福和骨肉亲情。淡去火红的时代背景，他身上有古典意识的风范。无论在哪个年代，坚守承诺始终是支撑人性的基石，对人如此，对一个民族更是如此。

有一条河流，很安静
37年来河面上只有一种风景
只有一种落叶成为河的衣裳
只有一种表情成为季节的特征
陈健是这条河流的拥有者

当年他从另一条河流获得新生
就把余生和爱
献给了流在心间的承诺之河

战友金训华把光阴的故事告诉陈健
他在这条光阴的河中
找到一个漂流瓶

坐标

陈健把两个人的秘密都塞进瓶中
岸上，看风景的人还在看风景
那个漂流瓶
成了浮在世间的表情

生者用尊严呵护逝者的尊严
在黑山白水的字典里
赫然显示匍匐着37年的诗行
不需要朗读者
一个老人用37年的信仰
守住了一个站立的灵魂

邰丽华：世界倾听你花开的声音

颁奖辞：从不幸的谷底到艺术的巅峰，也许你的生命本身就是一次绝美的舞蹈，于无声处再现生命的蓬勃，在手臂间勾勒人性的高洁，一个朴素女子为我们呈现华丽的奇迹。心灵的震撼不需要语言，你在我们眼中是最美。

她是一束中的一朵
更是一朵中的一束
花蕊里，有一滴泪溅在花的眼睛里
叶子捂住花的耳朵
花开的声音很小
小到无声，小到极致
小到要用上心灵的助听器

世界的舞台有多种语言在穿梭
而她们的美无须翻译
很高的心灵境界，很低的观赏门槛
雀的灵魂里长出飞翔的翅膀
欲打通与人类的对话，以及
裸露在外的情感

被一张一合地传递到远方

菩提的眼中是神的意念
千手之爱让美与善结伴而行
舞者的远方是无声中的高处
高处的舞者是一束盛开的阳春

谁轻轻走进她们的春天
在葳蕤芬芳的面前
请向这里的春天鞠个躬
因为这特殊的境界
由三种生态元素组成
真、善、美
它们个个都是春天的掌上明珠

杨业功：把红旗插在军魂的最高处

颁奖辞： 铸就长缨锐旅，锻造导弹雄师。他用尺子丈量自己的工作，用读秒计算自己的生命。未曾请缨提旅，已是鞠躬尽瘁。天下虽安，忘战必危，他是中国军人一面不倒的旗帜！

绿色的方阵里
有一位将军，走在士兵的方队
他从班长到排长到司令员
他的正步人生
记录在一把尺子的刻度里

他把绿色武装成生命的底色
像翠鸟终生不改自己的衣裳
军旗是他的信仰
在他灵魂的最高处
是每一次冲锋的固定姿势
40年风吹雨打，如同森林挺立的
一棵参天大树如同一辆神勇的战车
亲吻大地的样子

坐标

坚贞而勇敢
每一次出发，都会飞向忠诚的靶心

他就是一把出鞘的利剑
新型导弹旅的横空出世
是他生命考场中的满分答卷
苍穹是他大脑开发的战场
神奇之手，比一把剑更锋利
殚精竭虑，积劳成疾
2004年的夏天之手
为他摁下了晚安的开关

他把一生的操守
装进纪律的行囊
清贫的富翁是对他的描写
是现实版的纪实
家门口常年张贴的携礼莫入
不是将军对士兵的距离
而是人性最闪亮的告示

杨业功
一个为人民立下功勋的将军
他用标准的军礼
注解军魂

王顺友：一个人的长征也有风花雪月

一个人
一匹马
一条路
故事发生在
四川凉山木里县
通往白雕三角垭的山道
20年反复走在360公里路上
好像枯燥的故事
却是风花雪月最集中的地方

自从马班邮路上吹出了绿色的风
一条崎岖的路就蔓延开来
除了那匹通人性的马
除了那些不会说话的报纸

这绿色的风
在森林在险滩在野兽出没的地方
就是他的知己
风给他擦汗为他拂面，以及
给他吹干打湿的邮包
他是风的使者
他若停下，风即静
事实是，20年来
风欲静而他不止

他见过20年来最好看的鲜花
收过20个春天发给他的请柬
赴过20个秋天最浪漫的约会
他衣着朴素，没有礼物
只有别人的行囊和汇款单
他走到哪，都是当地最喜爱的明星
飞雪伴着他的自编山歌
让无声的路深深浅浅
让寂寞的歌谣接通大山的开关
寒冷中包裹着有温度的邮件
在山野在岩洞，在悬索桥边
雪总会在特定的时候等他
为他轻轻抹去身后的坎坷

明月是一台摄像机
完整清晰记下了他26万公里的轨迹
这规律但不规则的行程
是明月移动的影子

是星星留在人间的火种
一个人的长征
一个没有尽头的马拉松
在马班邮路的舞台上
王顺友是最出彩的戏

费俊龙、聂海胜：中国龙露出的国际笑容

颁奖辞：谁能让全世界1/5的心灵随着他们的节奏跳动五天五夜，谁能从前所未有的高度见证中国实力的飞跃，他们出征苍穹，画出龙的轨迹，升空日行八万里，巡天遥看一千河，他们是中国航天的黄金一代。

你听见过吗
那种惊天动地的拔地而起
仿佛巨龙的呼啸
又好像长征时发出的号角
两颗勇敢的心脏，结拜成兄弟
红日喷薄，满载梦想的神舟
远离，是为了更好地回归

从星辰之夜到拂晓时分
整个中国都精神抖擞
这两个勇敢的男人
身上贴着龙的图腾
沿着龙的轨迹飞翔
他们长得很高

他们用千里眼俯瞰母亲的衣裳
他们用顺风耳倾听雄鸡的鸣唱
他们向未来和远方释放正能量
他们用五星红旗
为苍穹带去最深情的一抹红

为祖国出征，为梦想远航
天地之间，黄河大合唱就此拉开序幕
和夏日里的蝉鸣一样欢腾
所有人的目光聚成一盏灯
回家，纵使要穿越黑障区，也不会迷路
一根红线，也让两个孩子不会迷途
此刻，慈母手中线是世上
最芳香的河

当他们平安归来
中国龙的国际笑容
上了世界的头版头条

青藏铁路建设者：爬上天梯摘星辰的人

颁奖辞： 每当汽笛声穿过唐古拉山口的时候，高原上的雪山、冻土、冰河，成群的藏羚羊，都会想念他们，想念那些有力的大手和坚强的笑容。他们能驱动钢铁，也会呵护生命。他们，是地球之巅的勇者，他们，缔造了世界上最伟大的铁路！

一声重重的叩问

敲醒唐古拉山冰冷的早晨

银装素裹的容颜

第一次迎来温暖心窝的人

千年冻土翻开亲吻大地的红唇

格桑花微笑着送来吉祥

天边的云彩，献上哈达与致意

他们是无比勇敢的人

天梯上，他们的信仰连成一体，一伸手

闪亮的星辰就落在怀中

沿着关角山登天的梯

一群有力的大手向世界屋脊攀登

冻土、崩塌、风沙、缺氧、极寒、泥石流
屋脊上的哈达都有这些门神在守护
生命的分量在 5000 米的海拔
显得很重
从风火山穿越唐古拉山
一条天路在低头写一首长诗
一些倒下去不再醒来的思想
已和冻土连成一体
他们的躯体支撑着一座长城
1142 公里长的史诗巨作
每一个节拍都是忠诚的韵脚
每一个音符都是人民的旋律
无论是戈壁荒漠
还是沼泽湿地，抑或雪山平原
一条条哈达和一碗碗青稞酒
都在歌唱
集体的创作
这首史诗获得了大奖
领奖台上，谁也没有出席

2006 年
诗章

丁晓兵：看独臂英雄如何写春秋

颁奖辞： 这个用左手敬军礼的人，我们以他为骄傲。战时敢舍身，平时能忘我，从逆境中挣扎启程，在顺境中保持清醒。沙场带兵敢称无愧无悔，把守国门能说有骨有节。他像一把号角，让理想与激动，在士兵心中蔓延。

一颗罪恶的手雷
长着斜视的眼睛
那眼神好歹毒，勾住了英雄的一只手
一只手被夺走了，他还有一只手

他用这一只手瞄准靶心
用这一只手在基层阵地遍插红旗
用这一只手画出橄榄绿的代表作
用这一只手连续28年当上排头兵
用这一只手做出万家灯火中的满汉全席
这就是独臂英雄丁晓兵的一手
敌人怕他这一手，战士服他这一只手
人民佩服他有一只手

英雄的光环

他小心翼翼地把它放在一边

和一排路树的绿色放在一起

20年来，为它拂尘为它擦拭为它保鲜

让这顶光环上的名字

始终锃亮如初

光环上，镶着248面奖牌36座奖杯

它们的重量，是光阴集体的重量

光环下，一颗初心带领无数颗初心

一只手挥舞着无数前进的手

维纳斯很美，可惜是静态的

远不及独臂英雄的风流

朴素的底色铺成军营的封面

在洪水肆虐的淮河流域

除了那只丢失的手

身体的其他部分都在抗洪一线

整整18天

淮河流域的群鸟

为他排练了一首赞歌

每天早间都在准时播放

他把生活欲望埋在阵地脚下

把信念的红旗插得很高

不解的目光纷纷绕道而行

20年，英雄的高地一直没有失守

人在阵地在

独臂将军丁晓兵

在阵地上写出最漂亮的书法

俯仰无愧天地，褒贬自有春秋

王百姓：让死神望而却步的无名英雄

颁奖辞：10 年时间，1.5 万多枚炸弹，专门与危险打交道。谁能不害怕，平常人只要一次遭遇炸弹，就已经惊心动魄了。而他和我们一样，有家有妻有娃，只不过头顶上有警徽，警徽上有国徽，所以他才把家人的担忧、战友的期盼，一肩担起。

静止的炸弹里，是假死

潜伏着叫嚣黎明的阴谋

生锈的航弹

掩盖不了没生锈的罪恶

从岁月的淤泥里

那些冰冷的躯体被挖出来

这些不死不腐的魔鬼

需要一束火光和巨响把它们粉碎

让这些魂灵灰飞烟灭

让它们在人间

没有藏身之处

老王是它们的克星

老王是百姓的福星

每一次和死神打交道

老王都会把死神当作医学标本

解剖它肮脏的内心

驱除它卑鄙的思想

最后老王再小心地给死神

打上一针镇静剂

让它去西天的途中

不要醒来，不出意外

每个爆破战场

他都喜欢单枪匹马虎口拔牙

行着军礼的橄榄绿，在早晨

和路树的姿势一致，是对英雄的致意

街边小雨，汗水湿透的绿色

像一封邮件飞到家门口

死神佩服老王的豹子胆

手排1.5万枚炸弹无误判，零事故

他用忠诚作为护甲

用胆魄瓦解无名阵地的威胁

这种对手戏

王百姓开心地和死神玩了一辈子

所谓越不怕死，活得越好

不知死神听了

除了汗颜，除了蒙羞

还会想什么

华益慰：医者良心高悬如皎洁月光

颁奖辞： 不拿一分钱，不出一个错，这种极限境界，非有神圣信仰不能达到。他是医术高超与人格高尚的完美结合。他用尽心血，不负生命的嘱托。

医者高悬的医德和仁心
是半个多世纪晴空上的皎洁月光
月光如水，拖着华益慰长长的名字
那寸寸光阴，曾温暖千万个受伤的家
56年来始终以一种月圆的美
修复人间的月缺

一把大爱的手术刀，泛着银光
像是夜空中那潮涨潮汐的天河
天河的两旁
是民众朝圣的目光
有思念，有钦佩，有感动，有膜拜
目光形成无数的抛物线
都在怀念他的那把手术刀
为何同样的材质

却能发出不一样的光芒

病房是他一生的战场
他放弃了见老母亲最后一面的机会
把遗憾留给咽下眼泪的自己
选择在手术室继续弯腰
把完美留给陌生的口碑，如今
家中四个老人已把音容留在天河
却把遗体捐献给了伟大的事业
连同他自己的日后
也静静地躺在医学实验室
每当解剖他伟大的灵魂
好像在翻阅一本教科书

当年重获新生的患者张秋海
想用1000元表达感谢
但是这本特殊存折穿越九年时空
还是回到原来的主人手里
这仅仅是佳话中的片段

华益慰的仁心里
存储着足够的博爱
很多看似轻描淡写的情节
却是惠风和畅的杰作
华益慰这把金牌手术刀
把医患关系缝补得天衣无缝
将人生的剩余价值
制造成无边的月色
洒满人间

霍英东：眼含热泪的白天鹅在盘旋

颁奖辞： 生于忧患，以自强不息成就人生传奇。逝于安乐，用赤诚赢得生前身后名。他有这样的财富观：民族大义高于金钱，赤子之心胜于财富。他有这样的境界：达则兼济天下。

白鹅潭是白天鹅的家乡
是它的出生地和胞衣迹
当年，水草并不丰茂的白鹅潭
牵动了一只白天鹅的心
让它铁了心在这里安营扎寨
孵化飞翔的未来

1983年的早春二月
从寒冬里醒来的白天鹅
已出落成天鹅群中的天骄
它含着热泪，含着一个人的名字
一飞冲天
美丽、典雅、气质、惊艳、品位
是它倾国倾城的全部

霍英东，是这只白天鹅的饲养员
也是他一生唯一用心养过的宠物

这是他百转柔情的一面
他还是一位大侠，一位读懂母亲的孝子
那年，鸭绿江的硝烟呛到香港
母亲的皮肤被战火灼得发黑
一个个爱国的胸膛挺进朝鲜
他在香港，一直挂念两地分居的母亲
他把急需物资和药品
以"红色走私"的方式运到前线
为新生的共和国输血和止血
历史的档案里至今清晰画着一个
点赞的大拇指

这只白天鹅
自从邂逅南沙的水天一色
便一直想栖息此地
一个被淹没的春天硬是被刨了出来
两代白天鹅的接力和飞翔
南沙已成为白天鹅温润的家园
日出日落时，你总能看见
难以计数的白天鹅栖居于此
轻轻拍打着一个安息的名字

季羡林：国学世界里穿墙而过的佛心

颁奖辞：智者乐，仁者寿，长者随心所欲。曾经的红衣少年，如今的白发先生，留得十年寒窗苦，牛棚杂忆密辛多。心有良知璞玉，笔下道德文章。一介布衣，言有物，行有格，贫贱不移，宠辱不惊。

24卷厚厚的书
12国文字不同的声母、平仄和音调
浩瀚的思维深入浅出
悟透西方，精通东方
在国学堆垒的巅峰之上
一颗闪闪的佛心高悬世界
他是难以复制的季羡林

抽象的梵音世界里
他竖起耳朵
用心聆听了一辈子
钻进佛学他逛了几十年的印度
他跟佛祖聊天，跟佛祖分享心经
讨论中西方的差异

讨论世界如何更和谐
他用一辈子腾云驾雾的时光
著作等身的高度，后人膜拜的一座塔
他把一生的坎坷化为缕缕佛音
和世界为数不多的几个人
爬进吐火罗文的语言雪山
他在这个魔幻的语言世界里
读书、治学、写作
如一条春蚕吐丝把塔身紧紧裹住

没有人和他对话
他用佛心配置的钥匙
轻轻打开这扇人迹罕至的大门
虽锈迹斑斑，里屋芳草萋萋
却还有生机

80 岁那年，他不老的思想又跨过
德国那条浸湿他一生的相思河
他想起那个叫伊姆加德的姑娘
想起哥廷根灰色墙壁里的小挂钟
想起金色长发，端坐在矮矮长凳上的美丽姑娘
俏皮的眼神，美丽的腰肢
以及书桌上那台冬眠的打字机
这个等了他一辈子的姑娘
用一生的青春激活了他

叶笃正：最懂得中国脾气的人

70多年，好像只花了从早到晚的一天
他潜入书海的底部
顺着洋流泅渡到大洋彼岸
在世界的东西两头看风景观天象
除了风雨雷电
他还看到了很多地球的病灶
他戴上科学的听筒
以医者的身份为世界把脉

当年，他漂洋过海
正是为了寻求解决地球心病的良方
他国再好的春天
也不及熊猫的故乡
他丝毫不留恋密歇根湖的风光
不贪图希尔斯大楼的奢华

2006 年诗章

他想把世界带回祖国
一举一动都牵动世界

他深知要摸透老天爷的脾气很不易
洋流，环流，急流，热源，冷源
这些伴随他一生的朋友
对他们的习性了然于胸
何时翻脸，何时多云转晴
何时何地会爆发不确定"情绪"
人间冷暖的表情时刻在他的监视中
他想告诉人们，对待这些"坏脾气"
要学会以柔克刚，刚柔相济
摘掉迷信的眼罩
清爽看世界

孔祥瑞：汗水也能折射太阳的光芒

颁奖辞：不管什么时代，劳动者都是社会的中流砥柱。但在今天，更值得尊敬的，还应该是那些不仅贡献汗水还贡献智慧的人。150项革新，给国家带来8000万元效益，这就是一个工人的成就。

初中文凭的标签
贴在一个码头工人的肩上
航船装载着货物以及他和兄弟们的咸汗水
每天踩着晨钟暮鼓的时间
把力气挥霍得一干二净，然而
疲惫的身体里却还藏着
一头狮子的能量
孔祥瑞，在天津码头的拍岸声中
和这头狮子一同醒来

他给自己披上蓝领的围脖
并且把这种温暖和力量
折叠储存在体内
一只螺丝钉的作用可以超乎想象

他想让自己发出电钻的光芒
让一头狮子继续固执下去

他拉下思想的阀门
在世俗的门缝里观察劳动的呼吸和节奏
他找到让机器和人工减负的方法
让码头的吞吐量和胃口大大提高
他用一个团队的力量
移除歧视的目光和伤风的思想
他用节约的15.8秒
证明咱们工人有力量

他越过一道道知识屏障
以蚯蚓对泥土的热爱
以候鸟对天空的眷恋
用150多项创新为一个群体更换标签
门机大王和排障能手的口碑
被一条条航船带向远方

林秀贞：中国好闺女的如水情怀

颁奖辞： 用30载爱心让一村之中老有所终，幼有所长，鳏寡孤独废疾者皆有所养。富人做这等事是慈善，穷人做这等事是圣贤，官员做这等事是本分，农民做这等事是伟人。这位农妇让九州动容。

6位孤寡老人是有福分的
当原先的家已倾斜，墙面已经坍塌
温暖的时光已发冷
亲情已经起了皱纹
一双腿已经失去谋生的本能
耳朵已经听不到贴心的问候
外科手术的必要性已经显而易见

一个素不相识的闺女
为他们年迈的心拂去冬雪
用春天的手筑起一堵家的墙
让夏天的火热为他们驱除风湿
让枝头的百灵鸟为他们清除寂寞
让秋天伴他们走进夕阳深处

6位老人
做梦也没想到
30年来，他们错过了太阳
却拥有了一个暖白的月亮

这个好闺女
还把14个贫困孩子当贴心棉袄
把他们的道路扶正，装上心灵导航
扶助他们考入大中专学校
让他们看得见梦想的颜色

一个弃婴如一个漂流瓶
这个好闺女为这个小心脏
做了回最温暖的乳娘
为他脱去贫寒的衣裳
更换了一间朝南的居所

这个好闺女
还把20多位农民兄弟和8位残疾农民
请到自己的企业
春天的地铁腾出空位，成了一间临时教室
有个人，走上讲台
正在教授如何学会书写
尊严的楷书

林秀贞，这个中国好闺女
汲取衡水一样的柔情

坐标

那一天，她点燃一支奥运火炬
一个通红的名字，在众人欢呼中
沿途奔跑

黄舸：感恩的生命有不凋谢的花

颁奖辞：我们需要静下心来体会这个场面，一个四肢无力的孩子，每天都在和死神赛跑，跋山涉水、万里迢迢。他就像一小截被命运丢弃的蜡烛，善良的人点亮他，他就欢快地燃烧起来。藏起眼泪，还给人们光明和希望。

缺角的月亮失去了笑容
魔鬼附体在鲜活的生命中
把先天性进行性肌营养不良的枷锁
架在一个窒息的家中
无法再梦想百舸争流的肌体
只能成为光阴的磨刀石
一点点耗尽人间的旅行时光

然而，健全的思想夺门而出
父亲要替只有18个春天的儿子
做一次感恩的远行
此行的目的，就是把尚未凋谢的花
一次性绽放在恩人面前

坐标

一辆破旧的三轮车
两个人的长征
从一个城市到另一个城市
从一个村庄到另一个村庄
从一个不会说话的地址奔向另一个地址
颠簸的长征捧着一盏弱弱的灯火
那微弱的光，是三轮车夜行的灯
足以看清恩人的泪光
萎缩的肌体伸出春天的柳枝
以最虔诚的姿势感恩大地
沿途温柔的眼神为一对父子护行
这是跟时间赛跑的寻人长征
伴着如豆的灯光
照亮每个人脆弱的心房
春天的雨，就这样淅淅沥沥

灯光熄灭
全世界都在抚摸自己的心跳
看看自己的影子
轻轻反问自己
我们在黑暗中，还缺少什么

微尘：在城市中悄悄行走的微笑

颁奖辞：他来自人群，像一粒尘土，微薄、微细、微乎其微，寻找不到，又随处可见。他自认渺小，却塑造了伟大，这不是一个人的名字，这是一座城市的良心。

青岛放着一坛好酒
容量之大，年份之久，芳香之醇
让这座城市更加尊贵

为这坛美酒的芳香立下汗马功劳的
是酵母菌的集体力量
这些像微尘一样的物质
潜伏在美酒成名之前
渗透，一步步渗透是它们的特点
把最有力度的身体靠在一起
让一坛美酒芳香人间
它们则成为美酒成名后的幕后英雄

微尘
很像清晨微微的光

很像春天初临大地的微表情
很像互致问候的温情微信
它微小但不微弱
更不会微不足道
它能穿墙破壁聚在一起，成为
爱心的一束光，一团火焰
它能手牵手连在一起，成为
爱心的珠链，一串晶莹

它是记录城市的断章
它是关爱他人的小逗号
印度洋海啸
微尘化为爱心天使，化为海风
为生者点亮另一个晨曦
新疆喀什、青海玉树
震痛了的中国
微尘化身一块柔软的海绵
轻轻吸干伤痛的泪痕
把裸露的钢筋和断墙软化
"非典"横行的日子
微尘化身为力量的天使
微言送听，见微知著
让一场瘟疫的火焰自行熄灭

一个个募捐箱　一枚枚徽章
都是微尘的影子和相貌
它们没有真实的名字
却有世界上最好听的昵称

红军：想起你们就想起黄河长江

感动印象： 70年过去，决定长征命运的领导者们已经全部辞世，50多位参加过长征的开国上将，也只有萧克、洪学智二人健在。

70年过去，昔日长征路早已不是旧模样，万水千山间，红军征战的痕迹渐渐湮灭，只有少量残留下来的历史遗址，记录了那段人类历史上空前的壮举。随着当事人的逐渐逝去，随着一代代人之间代沟的扩大，历史越来越显神秘和遥远。有远见的人，担心历史的启示随之消失，因而不断地纪念它。

想起你们就想起黄河长江
80年前，一支点着信仰火炬的队伍
聚合完毕，开始了史无前例的徒步穿越
他们衣衫褴褛，行囊简单甚至简陋
但他们的内心很饱满很富有
他们除了土枪大刀红缨在手
还有一致的目标和远方

想起你们就想起黄河长江
二万五千行的英雄史诗

谁能一口气读完，谁能看清诗行里所有的脚印

这样一首贴着地球书写的长诗

雄浑如咆哮的黄河

蜿蜒如壮阔的长江

铿锵的平仄镶着镰刀和锤子

闪闪的红星是取暖的火种

草鞋是一艘艘驶向胜利的红船

想起你们就想起黄河长江

当红日升上东方

当《十送红军》的歌谣开始传唱

当麦田跳起了舞蹈

当梧桐叶开始掩面而泣

当秋风细雨拦住送行的脚步

当欢送的锣儿听懂了儿女情长

在兔儿岩还是七里湾

或许在八角山

一行行红色的音符打湿了黄河长江

千百年来有泪不轻弹的眼眶

想起你们就想起了黄河长江

一支用30万红军之手写就的传世佳作

有太多的惊叹号贯穿全文

每个惊叹号的点都有雪山那么重

每个惊叹号的竖都有草地那么长

红军战士是天降的战神

是老百姓从家里捧出的红心

如果说，巧渡金沙江是见缝插针

那么，四渡赤水就是魔术之作
如果说，飞夺泸定桥是一着险棋
那么，抢渡大渡河就是蛟龙过江
如果说，突破腊子口叫壮怀激烈
那么，过雪山草地就叫气吞山河

世间最美的红色
流淌在两万五千里的长征路上

2007 年
诗章

钱学森：有一双看清太空的眼睛

颁奖辞：在他心里，国为重，家为轻，科学最重，名利最轻。五年归国路，十年两弹成。开创祖国航天，他是先行人，披荆斩棘，把智慧锻造成阶梯，留给后来的攀登者。他是知识的宝藏，是科学的旗帜，是中华民族知识分子的典范。

深邃的夜空，总有一双眼睛
拨开天幕，四处搜寻
一行通往天际的脚印
星河浩瀚，五颗红星连成一体
天河岸边，一个名字站在水中央

这个名字在美国加州在麻省
是一个烫手的山芋
因为这名字太重了
重得可以拖动军队五个坦克师
重得可以让一些国家失去平衡
重得阻止了五年回家的路

他对这一切一笑了之

用一句轻描淡写惊叹世界

他姓钱，但不爱钱

在他的归国行囊中

利益很轻，国家很重

正是因为母亲贫穷

所以才要懂得报效

向日葵感恩太阳

才始终心系光明的方向

他用最先进的理念，添加

最落后的条件

向太空投石问路

让苍穹开始感受汉语的魅力

他用天才的智慧，添加

羊羔跪乳之恩式的大义成为

一个国家的开路先锋

当东方红在太空展开双翼

银河第一次响起雄鸡的欢唱

第一次看见中国培育的花朵

花蕊上，东方红一枝独秀

世界目光随太阳升

环球旅行之后

他的名字一直立在实验室

他的眼睛一直在琢磨太空中的捷径

他的思想和几亿人的体重

一起上升

两弹响了，世界瞬间安静

中国航天之父，一点不假
火箭之王和导弹之父，不在话下
关键是
一个人让一个国家挺直了脊梁

闵恩泽：在麻辣烫的味道里为中国加油

颁奖辞：在国家需要的时候，他站出来！燃烧自己，照亮能源产业。把创新当成快乐，让混沌变得清澈，他为中国制造了催化剂。点石成金，引领变化，永不失活，他就是中国科学的催化剂！

50年前，他从太平洋彼岸抬起一只脚
有人想拦住这只下山虎
但是没用
雁归巢的决心是洒在太平洋上空的
最后一缕霞光
一对夫妻绝尘而去
奔向亲生父母的怀抱
那些望洋兴叹的目光
开始布满红红的血丝

母亲衣衫褴褛，但家是温暖的
闵恩泽是个有志气的孩子
石油是国家的熊猫血
没有这急需用血，国家自然营养不良

连心母子是一朵盛开的莲
莲的心事如一只蜻蜓的站立
他把实验室当作孵化梦想的基地
含着黎明枕着星星
想看如何才能有油下锅的事
想看什么东西可以更好恢复朝气
想看母亲何时能够重新容光焕发
照亮东方

他想到了四川的麻辣烫
那是寒冬里家乡烘暖他的一团火
他忘不了，摆脱不了
他的灵感，油然而生
想到了一个磅礴的春天
想到了黄果树站起来流淌的风景
他要大吼一声，和母亲从此厮守一生
他以两叶肺和一根肋骨的代价
为母亲加油为母亲改善体质
石油催化剂注入母亲体内
换来体格健康的母亲
油中有你，油中有爱
一条磅礴的血管
穿行 960 万平方公里

胡鸿烈、钟期荣：森林里到处都是站立的掌声

颁奖辞：狮子山下的愚公，香江边上的夫子。贤者伉俪，本可锦衣玉食，却偏偏散尽家产，一生奔波。为了学生，甘为骆驼。与人有益，牛马也做。我们相信教育能改变社会，而他们为教育做出楷模。

有些事情有人本不愿做
他们做了
有些事情很难做
他们也做了，并且一生都在做
他们溢满书香的内心
早就树立了仁义的思想模型

他们是夫妇，爱好与爱情保持高度一致
一辈子就做了一件事，一种花开了一生
而且同心同力做同一件事
把锦衣玉食束之高阁
甚至把安度晚年的时间也轻轻取出
花在百年树人的劳碌中

狮子山下这一对愚公
双手与树根的颜色无异，他们使劲
从黑夜搬运光明和水源
好多人认识他们，熟悉他们
记得他们痴心不改的眼神
记得他们含辛茹苦为了一个孩子
树仁大学
这是他们一生的寄托和希望
这是他们生命中唯一储存的光
藏在无声的年轮里

树仁大学来之不易
是他们一生的财富和精神积蓄
这孩子能遇上他们
是幸运的，幸福的
树仁大学长成一片森林
是对终生溺爱它的人的回报
站立的掌声
经久不息

李剑英：长空留下一道美丽的划痕

颁奖辞：烟笼大地，声震蓝天。星陨大地，魂归长天，他有22年飞行生涯，可命运只给他16秒！他是一名军人，自然把生命的天平向人民倾斜。飞机无法转弯，他只能让自己的生命改变航向。

在即将机毁人亡的情况下
他本可以选择一条狭小的退路
让生命寄存下来
让蓝天继续观看他的精彩表演
让家人继续留着一顿团圆饭
让父母继续抱着一个梦想入眠
总比他的生命，被重重摔在地上
开出那一片殷红的花朵，那一刻
和他相伴蓝天的鸽群是第一时间的祭奠者

在战鹰飞过长空的那条划痕里
很多人都在追忆他短暂的一生
只有一匹天河中的马
以利剑出鞘的速度

为他运送长长的思念
他把仅有的16秒都掏空
这16秒的奉献是他最后的时间遗产
是他一生用镰刀收割的
金黄稻穗

机下方，7个村的百姓
他都不认识，但他看到过
人民的相貌
这些相貌跟他的父母和妻儿无异
他支起那架喘着粗气的战鹰
呼吸已经短促，失血已经很多
他是一只飞得最远的鸽子
是蓝天认可的最美朗读者
飞鸟撞碎了舷窗，他回家的视线已经模糊
他没有流泪，只想把生命的重量
分摊到大地和阳光普照的地方
他选择了
浴火重生

孟祥斌：你为自己的人生演了一出好戏

> **颁奖辞**：风萧萧，江水寒，壮士一去不复返。同样是生命，同样有亲人，他用一次辉煌的陨落，挽回另外一个生命。别去问值还是不值，生命的价值从来不是用交换体现。他在冰冷的江水中睡去，给我们一个温暖的启示。

金华的那条江，那座桥

都有痛苦的共同回忆

江水似乎已平复激荡的内心

依然按照自己的流向

去牵岁月的手

桥上还是人来人往

曾经的风景已经被一一吹散

双实线、单车、汽车和那些流动的小贩

似乎都淡忘了当年的一些事，但是

桥的内心已经存储了

真相以及真相以外的生活

桥上的很多眼睛

都有善良和正义的光

他们为孟祥斌
录下了生命最后一出戏

军队为他打开一扇门
他出来后，生命的体重就增加了
这增加的部分
是信仰和奉献的部分
有人说，孟祥斌救了一个不该救的人
一个视生命为鸿毛的轻生者
如何能够承载一个感叹号
江水是中立者，桥也是中立者
它们静静地注视着
桥上和桥下的
一举一动
城市的暖流
居然改变了水流的方向

李丽：用轮椅画出爱心最美的轨迹

颁奖辞：残疾打不垮、贫困磨不坏、灾难撞不倒，坚强和她的生命一起成长。身体被命运抛弃，心灵却唱出强者的歌。5年时间，温暖8万个冰冷的心灵，接受、回报、延伸，她用轮椅为爱心画出最美的轨迹。

世界的物质好似源于奇幻的艺术
因为有了岁月的参与
圆的东西开始了很多改变
甚至变异
在喜剧产生的同时有了悲剧
在圆满的时候悲剧开始蚕食

轮椅的轮是圆的，和梦想的形状无异
轮椅上的少女有天使的容颜

那条人工轨道，李丽画出了圆
她残缺的躯体保持完整的思想
无知觉的躯体摩擦出发烫的温度
以心灵天使或精神慈母的身份

以自己的贫穷、残疾和挫折为主题
为服刑人员递上一本精神存折

存折上的富有
足以洗刷肮脏和污垢
足以让阳光进来说话，帮他们
杀菌，消炎
事实证明，世上最好的抗病毒药
就在李丽手中
她是湖南的张海迪，是不同的两首诗
有共性也有个性
都是上帝滑落人间的掌上明珠

李丽的残缺之美，如同四季的月光
暖白色的身影，撩拨万物的内心
一群孩子蹲在地上，把月光一瓣瓣
放在怀里

她让阴影离开少年的口袋
她用轮椅的轨迹给心灵画上底色
美丽人生
原来是这样一笔一笔画出的

方永刚：冲锋的姿势保持了一生

颁奖辞：一个真正的战士，在和平年代也能找到自己的方向，一个忠诚的战士，在垂危的时候，不会忘记自己的使命，他是一位满怀激情的理论家，更是敢于奉献生命的实践者。在信仰的战场上，他把生命保持在冲锋的姿态。

很多静态的浮雕

都有一种姿势

一只飞鸟或一匹奔马

一面红旗一杆冒烟的枪

都有它的姿势和语言

平民教授，或叫大众学者

在炙热的阵地上，在众目睽睽之下

依然保持一种前倾的姿势

一点不亚于湘江的勇士

我甚至怀疑

这个人并没有死

如果死了，为何生命的造型

还栩栩如生

他是一个兵
但又不是普通的士兵
他把政治理论当作太阳膜拜
把忠诚两字
像保暖内衣穿在身上
像警犬忠诚自己的嗅觉
他在部队 20 年
用一把熟悉的镰刀
收割了 16 本鲜红的著作
每一本书，都是春蚕的一生
不怕死的战士，从一开始你就为生命
安排直播的现场
他要冲锋在每一个前方
用鲜血开垦的文字
集合了三军将士的足印

向你学习，方永刚
一个为国洒尽最后一滴血的人
在时光的长河里
你也会凝成一本书。书页翻动时
就是面面铁血军旗

陈晓兰：正义的包袱背了一生

颁奖辞：虽千万人，吾往矣！曾经艰难险阻，她十年不辍，既然身穿白衣，就要对生命负责，在这个神圣的岗位上，良心远比技巧重要得多。她是一位医生，治疗疾病，也让这个行业更纯洁。

人一旦有了包袱
就想着卸下包袱
就像春天急于驱赶冬天
晨曦急于撕破黑暗
但有些包袱背上了
就不能卸下来
因为这时候卸下来的不再是包袱
而是初心良心诚心正义之心

陈晓兰没有这样做
她背上正义的包袱
踮着脚尖行走在空气浑浊的险道
这是一位女侠
在揭露黑幕面前面不改色

在医疗打假的黑洞里放狠话

把谣言和骗局逼上绝路

这些绝路上的野兽

披着羊皮求她放行一条生路

她办不到

若给这些野兽们生路

那有多少善良的躯体

将被吞噬和杀戮

她是一名勇敢的天使

白色在她身上显得很生动很深情

她把这一身衣裳当防弹衣

拿起医学器械

模仿冷兵器时代，和一群疯牛作战

给它们放血让它们绝种

让它们不再害人

让它们在垂死挣扎时

再一次聆听人性的声音

让这些家伙

看清正义的包袱里

随时都有为邪恶准备的定时炸弹

只要来犯

下场可悲

谢延信：将孝字写成最美的正楷

颁奖辞：当命运的暴风雨袭来时，他横竖不说一句话，生活的重担压在肩膀上，他的头却从没有低下！用32年辛劳，延展爱心，信守承诺。他就像是一匹老马，没有驰骋千里，却一步一步地到达了善良的峰顶。

一个老，一个瘫，一个傻
这样一个发生率很低的组合
挤在河南一个伤口发炎的农民家庭
屋漏偏逢连夜雨
那场夜雨让人刻骨铭心

有个人不信邪，他叫谢延信
他用偏方破解了这个家的疑难杂症
偏方名字叫
大孝至爱
他自己就是偏方的原创者
32年，他这个上门女婿
好似一位苦行僧
新婚一年即丧妻，从此

成为精神上的孤家寡人
他在黑暗的矿道
爬上人生最高一道坎
头顶的矿灯是他的诗和远方
是他照在冰冷的灶膛上的冬阳
一个男人的力量
左右了一个城市的目光
刚毅的脸上，古铜色的表情
被城市复制

爱心，孝心，责任心，出自他的心灵工厂
他把亡妻家里的三个包袱当成
贴心棉袄
不管春秋冬夏
他32年来穿在身上就没有脱下
这件贴心棉袄是他的唯一家当
是亡妻留给他的唯一遗产
是亡妻临终前唯一的真情告白
不管别人的目光如何灼伤皮肤
他为这个家修补漏洞，是没有工资的长工
为这个家燃烧剩余的青春
任凭窗外风吹雨打
他弯腰专注的神情
犹如在临摹孝字的正楷

这个不大的房子，外面
风停了，雨收了，一缕晨光照进
让一个大爱的故事暖烘烘的

罗映珍：用600封情书唤醒沉睡的春天

颁奖辞： 把爱人从沉睡中唤醒，是生命的奇迹，还是心灵的力量？她用一个传统中国女人最朴素的方法诠释了对爱人不离不弃的忠贞。甜蜜不是爱情的标尺，艰难才能映照爱情的珍贵。

如果大地冬眠了

该用什么去唤醒

我想，应该是春天

如果一个人也冬眠了

该用什么去唤醒

我找不出任何仁慈的答案

英雄成为植物人

被推入冬眠的模式

时间变得僵硬

一个家的秩序像罗盘遇上了

磁场

无序或者空转

2007 年诗章

英雄的知觉和思想被隔离
只有躯体还能证明时间和存在
人们同情着这一人间哑剧
悲情上演时，我看见嫦娥的眼泪在飞

作为妻子的罗映珍
从同样伤心的唐诗宋词中
借来甜言蜜语
一句一句，一平一仄
试图渗透英雄丈夫的思想和意识
她把600封情书当作漫长的物理疗法
用温情和亲情调好的墨水书写
"老公，你快点醒来"
"我们还要一起走完余生……"

700个日夜不停地复制与粘贴
不断地刷新与原创
像啄木鸟不停啄向病树，反复叩问春天
英雄丈夫听到了大地的劝言
闻到了妻子芳香的心语
一扇沉重的春天大门被慢慢打开

"你好"两个字
是春天醒来的第一个问候语
春天只想送给
站在路口，早已热泪盈眶的人

"嫦娥一号"研发团队：
飞天的翅膀如此年轻有力

颁奖辞：这是一支年轻的队伍，平均年龄仅30岁。副总指挥34岁，副总设计师37岁，总体主任设计师36岁。这是一群航天才俊，3年多来先后攻克了轨道设计、月食问题、数传定向天线研制、卫星热设计、导航与控制分系统设计、测控数传分系统设计、紫外月球敏感器、数管分系统设计等一系列技术难题，拿下了一大批具有自主知识产权的核心技术。2007年11月7日，当"嫦娥一号"卫星以超出设计预期的精准度进入环月工作轨道的那一刻，举国欢庆、全民振奋，中国人千年奔月的愿望终于梦想成真。

嫦娥久居广寒宫
天上一日地上一年
谁能数得清时间有多老
偌大一个月球
偌大一个家园却冷冷清清
嫦娥早就对人间望眼欲穿

有一群中国的年轻人

他们平均年龄仅有 30 岁
但是他们已经把事业立得很高
立得很远，距离足有 38 万公里之遥
他们从千百年来的时光中
读出嫦娥心中的密码
他们弯下青春的身影
精雕细琢一个伟大梦想的原型
每一朵碧绿的荷都有向上的尖角

在宏大的系统工程里
他们的思想有条不紊
芯片、动力、三维、投影
以及惊叹世界的"太空刹车"
所有的一切，都是他们的技术
他们的杰作
完全的中国创作和制造
他们的才华被浓缩成一颗爱国心
一个攥紧的拳头
这群了不起的年轻人
不用年龄说话
只用事实感动中国

嫦娥的孪生姐妹
装着中国情感的嫦娥一号
为这群年轻人实现远征

他们备好了给嫦娥的见面礼
致个问候，握个手，或拥抱下

坐标

每一个细节都创意十足，青春四射
充满中国礼节和浪漫

他们从传说中找到现实的索引
从目录中找到嫦娥的居住位置
和她从未有人打搅的闺房
一个国家准备了1000多年
你看，飞天的翅膀
如此年轻有力

广寒宫外，那一弯天河
出现史上最美的致意
嫦娥在水一方，欢迎最重要的亲人

2008 年
诗章

唐山13位农民：
唤你一声兄弟我就泪流满面

颁奖辞：不是归途，是千里奔波，雪中送炭；不是邻里，是素不相识，出手相援。他们用纯朴、善良和倔强的行动，告诉了我们"兄弟"的含义。

2008年的隆冬，南方很冷
冷得大地被白色捂住鼻子
冷得飞鸟失去了熟悉的家园
冷得江河停止了呼吸
冷得让春天睡过了头

在白色的包围中
郴州寡不敌众，成了孤城
断水断电断粮
郴州严重缺氧，正在一点点倾斜

宋志永这位当年劫后余生的唐山农民
坐不住了，仿佛当年的伤口
又开始隐隐作痛

坐标

他拖上另外12位农民兄弟
像紧急集合的战士奔赴前线
像一只工蜂发现重大情况后发出
集结号
他们好似一支义勇军
在雪地树起自己的名字

一辆中巴是他们的移动指挥部
他们从新年的第三个晨曦开始出发
冰雪一线，他们就是现役军人
扛器材搬物料抬电杆
年龄最大的62岁，最小的19岁
他们的名字被系成雪地上的一根绳
很多人通过这根绳走出冬天
他们的热血被燃烧成冬日的暖阳
和旷野上那依稀的灯火

他们在零下的阵地上坚守半月
用彼此的温度取暖
以兄弟的名义垒起一座高塔
塔上，红旗招展

之后，他们又再次集合
奔向汶川地震战场
他们用志愿者的名义为汶川疗伤
以农民的力量支撑倾斜的家园
以兄弟的胸怀为灾区孩子重塑心灵

他们不是作秀

他们是大爱至善

他们是中国最可爱的兄弟连

李桂林、陆建芬：悬崖上
那对美丽的爱情鸟

颁奖辞：在最崎岖的山路上点燃知识的火把，在最寂寞的悬崖边拉起孩子们求学的小手，18年的清贫、坚守和操劳，沉淀为精神的沃土，让希望发芽。

四川凉山，一对异乡的爱情鸟
栖息在悬崖上那个简陋的窝
不愿飞离，不愿分离
他们嘴里含着希望的种子
18年来都在播种同一种作物

那条高耸入云的天梯
是一条竖起来的路
森林中的野兽纷纷远离
飞鸟找不到歇脚的地方
只有春天的小花还愿意在天梯两旁
列队开放

这对爱情鸟自从飞上山

便被一群泥娃娃围住
孩子的眼神是山涧清流
他们赤裸的皮肤如朝阳映红的岩石
那一双双没有摸过笔的小手
沾满了稻草的气息
没有文字流行的小村
就像得了慢性病的身体
好在还有一种思想没被入侵
除了阳光和雨露，他们还想得到爱情鸟
嘴里的种子

爱情鸟留了下来
成为悬崖部落里的稀客
他们有天使一样的翅膀
他们放弃森林的舒适
百鸟朝凤时，他们仍在原处
悬崖上那依稀的烛光
是大山抽屉里的夜明珠
云深处飞来琅琅书声
飘来唐宋诗词的韵律和歌谣
山间的映山红擦亮了彝族山寨

6届149名学生是最鲜艳的一束
记住这对爱情鸟忠贞的名字吧
李桂林和陆建芬

武文斌：他倒在一个滂沱的雨夜

颁奖辞：山崩地裂之时，绿色的迷彩撑起了生命的希望，他树起了旗帜，自己却悄然倒下，在那灾难的黑色背景下，他26岁的青春，是最亮的那束光。

那是一种让人悲伤的天气
那是一个让人哽咽的雨夜

好比一个精彩的故事刚开头
就翻到了一张空白页
雷声大作，大地还在颤抖
一条26岁的生命
化作雨夜的闪电
化作泥水中还闪烁的目光
化作一个还在忙碌的身影

他是一个普通士兵
但是他的体重却很重
在地震灾区
他是倾斜房子里的一根顶梁柱

让蜷缩的心灵重新找回失联的思想

从5月13日至6月17日
他的生命用32天完成一件
最有分量的作品
在抗震救灾的前线
一个抢活干找活干的身影
像震后从山体流出的泉
滋润着很多溃烂的伤口
泉眼很细，泉水很甜
泉眼所到之处
把血痕擦去，把泪痕抹去

失血过多的春天
因为这处迷彩而体温回升
被肢解的山川
慢慢愈合了龟裂的表情
废墟下的阵痛
因为一个个奇迹，一支火炬
和一双手的力量被传颂

6月17日晚，这个温暖的泉眼
断流了
一个32天26年的身影，被扩散在雨夜外
50吨的活动板房竖起来了
他倒在雨夜的门外
在人民的心窝里，睡相可爱

成千上万的泉眼汇集过来

抚着一个人的名字

对他轻轻说

武文斌；晚安

经大忠：一面明亮的镜子照在北川

颁奖辞：千钧一发时，他振聋发聩，当机立断；四面危机时，他忍住悲伤，力挽狂澜！他和同志们双肩担起一城信心，万千生命。心系百姓、忠于职守，凸显共产党人的本色。

一面明亮的镜子照在北川
5·12 的北川天劫
打碎了天宫上的一只玻璃瓶
玻璃瓶里不全是泪水
还有一面小小的镜子
明晃晃的，成了北川的临时太阳

当江河收起笑容
当家园遍体鳞伤
当熟睡的大地被掀了被子
残墙、断壁、废墟
死亡、恐惧、哀号
成了那一年大地上最跑调的歌

但有一个人，他站在废墟上

唱了一支有关镰刀和锤头的歌
并教会了成千上万的人
这支歌比止痛片管用
比内服药更适合
他是经大忠，当时的北川县长
不大的官
成功指挥了一场有关生死的战役

这样一场史无前例的战争
他手中却没有什么武器
只有一面镜子
为他开路，为他照亮
废墟下弱弱的呻吟
为他照亮内心被风干的伤口
无人认领的书包和文具像断线的风筝
到处是大地中风的场面

6位亲人倒在离他不远的地方
他的手不听使唤
掂量着"老百姓也是我的亲人"这句话
站在很多孤儿的中间
任凭谴责良心的刀插在胸口

一面明亮的镜子照在北川
经大忠用这面镜子
带领一支擦干眼泪的队伍
走出长长的峡谷

李隆：3000 多次赴汤蹈火只为大地的微笑

颁奖辞：火场、废墟，有多少次出生入死，就有多少次不离不弃。他用希望扩展希望，用生命激活生命。

他的人生选择了一道公式
公式没有标准答案
答案就是每一次现场直播
就是奔赴置生死度外的考场

他选择3670次的赴汤蹈火
有火光的地方就有他的呐喊
他像一只警犬奔赴敌情
成为一道火光
他体内的热能，汹涌澎湃
在火焰里，他用青春灭火
箭一样的身影
一次次命令死神乖乖放人

他爬上高高的烟塔，救下一个女孩
用托举的办法让一朵快枯萎的花

继续保持芬芳
在激流跌宕的冲锋舟上
他用一身迷彩
更换大地的衣裳
换来温情弥漫的烛光晚餐

在汶川地震这场战役中
他是镰刀上的刀刃
他是锤头上的那把锤柄
废墟里尽是窒息的风景
是肝肠寸断的现场直播
是苍天与人间的公开对决
是一面旗帜与风暴的交锋
旗帜下，刀刃发着光芒
锤柄抬升着力量

雨过天晴
生命的奇迹在旗帜下频频发生
重生的大地吹来夏日的凉风
大地的表情
由冷暖到淡定从容微笑
无数个刀刃和锤柄
向旗帜靠拢，世界
向中国行注目礼

韩惠民：为百姓酿造心中芬芳大爱

颁奖辞： 他用百姓最朴素的方式，回答了生活中最为深奥的问题：有比爱情更坚固的情感，有比婚姻更宏伟的殿堂，34年的光阴，青丝转成白发，不变的是真情。

爱这种东西
一般为两人共享
若多出一颗心脏
这种爱物质必定发生排他反应
爱的味道会荡然无存
除了甜
酸和苦辣就会腐蚀爱的春天

苏州这个自古多人才的地方
如今，也多了个民间高手
他可以把三颗心脏
装进同一个心窝
把爱的味道控制在物理的状态
让原汁原味的爱味道
一夜芬芳整个城市

轻轻的承诺
背起厚重的家
百姓的书里写着大爱
和结发妻34年共同照顾一个
曾经占据内心世界的初恋情人
一个不被看好的故事
最终赢得广泛的传唱

这个人没登过真正的爱情殿堂
却摘下世上最美的玫瑰
他没有花前月下和烛光晚餐
却收获了爱给予的最美钻戒
于无声处深吸爱的氤氲
于病榻前嘘寒问暖那颗初恋的心
于家的温度里映照誓言的分量

家，虽然也是个复杂的剧本
但也可以如此简单地阅读

金晶：把生命的尊严紧紧搂住

颁奖辞：那是光荣的一刻！她以柔弱之躯挡住残暴，她用美丽的微笑，传递力量。她让全世界读懂了奥运的神圣和中国人的骄傲。

天使般的微笑
如同在曾经的赛场上
留给观众的美好
遗憾的是离开了一座舞台
靠着信念和轮椅
她始终出现在自己人生的每一个站台

命运在她上小学时就开始折磨她
脚踝上的恶性肿瘤让她失去了双腿
她用书本武装未知的明天
不曾迷失的双眼，在黑暗中开始寻找光明
在2000年的釜山残运会上
她手持一把利剑，银光闪闪
她为自己的人生亮剑
奖牌挂在胸前

坐标

此时的你，很高很高
2006年的上海"舞林大会"
她以一支惊叹全场的人生之舞
让世界热泪盈眶
原来，生命的顽强
可以如此美丽

她是轮椅上的微笑天使
当祥云点燃青春，朝阳开始喷薄
站立的思想在火苗上歌唱
她看见了自己从未到达的远方
她在进行北京奥运会火炬的传递
一段举着尊严和荣光的路
是一段青春跌倒后重新爬起的旅程
是一个少女在另一个赛场的拼搏
是一棵树感恩森林的举动
是一场雨季对禾苗的致意
是一个残疾少女对脚印的
特别注解

她的信念被高高举起
沿途的风景都被她逐一折叠
那些坏家伙，惧怕美丽的力量
想制造一个悲剧，熄灭燃烧的青春
那阵妖风预谋抢夺她心中的火炬
谈何容易
她内心站着一堵墙
火炬就种在那里

2008年诗章

任凭风吹雨打
自是岿然不动

她是金晶，有一颗金子般的爱国心
她目光如炬
如一把阿提拉的弯刀
妖风自然浑身颤抖
她亮出尊严和中国表情
像真金在淬火中的光芒
像水晶在阳光下的明亮
祥云满天
一个中国女孩的出色爱现
让世界惊呼——
出彩中国人

张艺谋奥运团队：
用中国风味招待全世界

> **颁奖辞**：长卷舒展，活字跳跃；圣火激荡，情感喷放。他们用人类共通的语言，让五千年文明跃然呈现，那一夜，中国惊艳世界。

舒展的长卷

吹来丝路千年的足音

繁花似锦的古文明

像一朵朵牡丹次第开放

厚重的中国之书

轻吟来自唐风宋雨的歌谣

礼仪之邦的都城

今天盛装出席一场

特别的东方成人礼

跳跃的文字

中国智慧呈现几何之美

像翻腾的细浪

像奔涌的黄河长江

2008 年诗章

2008 年 8 月 8 日晚的中国
身披红头巾
把美丽交给世界
老谋子确实老谋深算
他的团队读懂了中国心
摸到了世界的味蕾
抓住了百年奥运在中国
第一次做客的机会
当好家，做好主
闪亮的五环，翻腾的飞天
难忘今宵，今宵难忘
更难忘的是——
世界尝到了完美的中国味道

中国味是什么
是红艳艳的那面旗帜
是浩瀚如龙腾盛世
是同一个梦想在东方的集中点燃
是一首歌唱祖国
让世界安静地进入北京时间
是一片片祥云
发给五湖四海的请柬

这一场无与伦比的家宴
至今，仍让世界
觉得津津有味

吉吉：世界之巅盛开的天山雪莲

颁奖辞：白的雪，红的火，刺骨的风，激荡的心。鹰失去了同伴，但山的呼唤让她飞得更高，她，是高山上绽放的雪莲。

一朵花可以开在很多地方
可以开在春天的掌心里
可以开在恒温的格子里
一朵花如果开在最冷的冬天
或者开在人间的天上
那是一朵什么样的花

这是人间最高的海拔
无限风光在险峰
它有唯一一条天梯
可以和人类对话
其实那不是路
是人类的脚印
脚印里刻着为数不多的到访者
都是尊姓大名

2008 年诗章

吉吉，是最闪亮的一个

珠穆朗玛是用人心降服的
一座塔
塔高 8844 米，人心在最顶层
塔下有万古的冰川
和一些不死的名字
一朵天山的雪莲
在 2008 年 5 月 8 日上午 9 时 17 分
被成功移栽到塔顶
芳香和纯洁，神圣和庄严
世界在向东方膜拜

天山雪莲盛开的同时
一束祥云的火焰向天空致以
人间第一个飞吻
这个绝版的飞吻
在 5 个东方面孔的手中跳跃
在 8844 米俯瞰世界
东方破晓时
世界记住了北京时间

"神舟七号" 航天员团队：
浪漫的中国红在太空掀起盖头

颁奖辞：中国人的足迹，从此印进寥廓而深邃的星空，当他们问候世界的时候，给未来留下了深远的回声。

千百年来

有一个文明古国喜欢

举头望明月

喜欢饮下

明月几时有，把酒问青天的诗意

更喜欢咀嚼

江畔何人初见月

江月何时初照人的况味

接力的目光

从来没有停止转动

一艘神舟拔地而起

3名航天员成为13亿人推荐的问天英雄

此行的目的很简单又不简单

简单就是在太空走几步

不简单是，能走吗？
原来，"拼命三郎"后面
还有一个豪情冲天的团队
他们都在用青春作为燃料
都在磨一把绝地武士手上的光剑
为了那条通向太空的路
他们竖起了一条天梯
问天英雄
手摘星辰，笑傲苍穹

一扇门打开了
中国探出了头。接着
中国代言人翟志刚
在太空表演东方太空舞步
相比之下，杰克逊逊色多了
挥舞的红，银光的白
千年光阴被压缩成此时此刻
浪漫的中国，翩翩起舞
请记住3位敢死队员的名字吧
翟志刚，刘伯明，景海鹏
他们，是出彩中国人

当他们从天梯上回到人间
他们像个孩子

全体中国人：我们是东方的一条龙

颁奖辞：2008年的中国经历了太多悲怆和喜悦，在抗击暴风雪、抗震救灾、举办奥运会、"神七"航天员太空漫步等事件中，中国人用坚忍、勇敢、智慧向世界展示了令人震撼的民族力量。

我们是东方的一条龙

黄河长江是身上的血脉

世界屋脊是皮肤

万里长城是脉搏

珠穆朗玛是不屈的头颅

每一个中国人

都有雅鲁藏布江的歌喉

我们是东方的一条龙

千百年来，有些野兽

想侵凌我们，占我们的便宜

想让我们成为它们餐桌上的

一道菜，这些野兽们

想错了，打错了主意

一条龙可上天可入地
全体中国人
手牵手，是人海中的那条龙

我们是东方的一条龙
听听那震耳欲聋的吼声
南方最冷的冬天
那厚厚的雪硬是被人心
烘焙融化的
滚烫的人心连在一起
世界上根本没有
温度计能测出来

汶川的剧痛虽然让
中国的初夏变成寒冬
让很多生命的花朵被
黑暗掠去
一条中国龙的脊梁上
全体中国人都签了名
倾斜破碎的家园被缝合
地动山摇再来时
琅琅的书声不会再中断
还有百年奥运北京准备的那台晚宴
色香味俱全
整个世界都津津有味
你再看"神舟七号"表演的太空舞步
全体中国人
那天晚上都是集体伴舞

坐标

我们是东方的一条龙
我们是中国人
我们的家在中国
我们的心脏在北京

2009年
诗章

卓琳：站在光阴里的伟大背影

颁奖辞：彩云之南的才女，黄土高原上的琼英。携小平手58载，硝烟里转战南北，风雨中起落同随。对她爱的人不离不弃，让爱情变成了信念。她的爱向一个民族的崛起，注入了女性的坚定、温暖与搀扶。

想起小平同志
会想起太行山上的那一轮明月
想起你
会看到月光下银色的清晖
洒满一个安宁的梦乡
你站在光阴里
在一个伟人的身后
无论从哪个角度看
你都是一个伟大的背影

你和小平同志是一对爱情鸟
近60年的如影相随，忠贞不渝
穿过枪林弹雨，从太行山飞到大别山
从抗日战争飞掠解放战争

你们铁骨铮铮的翅膀

从没有让信念从空中摔下

从绿色的森林飞向红色的原野

在流离的生活中用信念相互取暖

你始终依偎在小平同志的身旁

用延安的火种生火做饭

内心保持赤诚的温度和信仰

在小平同志三起三落的

特殊阶段里

你支起一身的羽毛，聚成一把伞

挡住漏雨的家

暴雨打湿了你全身

但你的眼里没有一滴泪水

只有晶莹的火花在燃烧

你们是一对传奇的爱情鸟

当飞过雨雪迎来阳春

你们脚下的田野早就

泛起麦浪，腾起歌谣

一种速度连着一种速度

一个高度递增另一个高度

太行山上那一轮明月，此时

早就照进香江

那银色的月光下

一对爱情鸟

在维多利亚的海港上空

牵手画了一个圈

朱邦月：一根拐杖支起家的重量

颁奖辞：这个奇特的家庭，集中了世界上最多的苦难，也凝聚了人间最真的情感。头发花白，面带微笑，这个温和而坚定的老人，胸中盛满40年的艰难。他这支拐杖，是一家人的翅膀。他这双肩膀，扛住了生命的重量。

残缺的书放在一边
书页如秋天散了一地的叶子
封面和封底也被秋风
无情撕掉一大块
只有一个"家"字
还能正常阅读
家下面，一根拐杖
撑着
这本书的作者
是独腿大侠朱邦月
一支拐杖做的笔
歪歪扭扭写了这本人间奇书

我只是其中一个读者

好比
不小心闯进春天的一只鹿
忐忑不安和脆弱的心脏
被一颗流星砸中奔跑的腿
天色暗了下来
天空像一口被废弃的矿井
这本残缺的书
被流星雨复印后洒落在人间
整个大地上的眼睛
都在看这部家庭连续剧
主角朱邦月
既是催泪弹又是励志哥

有情有义的朱邦月
因为临终的朋友摊上一件大事
一辈子成了赎罪的机器
娶朋友妻子和替朋友育两个儿子
这个"义"字，瞬间被放大到心灵极限的
高度

三种绝症加上他那一支拐杖
这个"家"字的笔顺全乱了
起笔和收笔太沉重
但是朱邦月悟性高
他蘸上人间最美的情感
用浓墨重彩
为这本残缺的书
换了一个封面
成了2009年的一本畅销书

阿里帕·阿力马洪：
用母爱城墙围成特殊的家

颁奖辞： 不是骨肉，但都是她的孩子，她展开羽翼，撑起他们的天空。风霜饥寒，全都挡住，清贫劳累，一肩担当。在她的家里，水浓过了血，善良超越了亲情。泉水最清，母爱最真！

那口直径 1.2 米的大锅
把一位母亲的辛劳与困苦都熔化掉
熬出的是母爱的五谷杂粮
熬出的是人间郁积的浓香
19 个孩子的目光聚成的圆
是梦想中的太阳和月亮

香气四溢
漫过多个家族的家园
掌勺的老妈妈阿力马洪
烹调着最可口的一日三餐
每一勺下去，都被盛满

阿力马洪有世界上最宽大的手掌
宽得可以在心上站立10个孤儿
可以让一个母亲的肩膀
成为19个孩子的避风港
她和丈夫累成一张弓
想把这些孩子一一射向远方
那张弓，是最惊人的武器

捡菜叶打零工
阿力马洪是这些孩子的精神保姆
是这些孩子的遮阳伞
孩子们围在大锅前
圆圆的心愿被发酵
孩子手里都捧着一颗心
每颗心下面
都沾着金色的泥土
心瓣上开着19朵芬芳的小花
花上写着各自的乳名
阿力马洪被花儿簇拥着
是中间那朵盛开的雪莲

大地展开绿色的桌布
白云撑起节日的遮阳篷
羊群和奶牛是特别的客人
一桌团圆饭
腾起在母爱飞扬的草原之夜

沈浩：田野上那朝拜大地的孺子牛

颁奖辞：两任"村官"，六载离家，总是和农民面对面，肩并肩。他走得匆忙，放不下村里道路工厂和农田，对不住家中娇妻幼女高堂。那一年，村民按下红手印，改变乡村的命运；如今，他们再次伸出手指，鲜红手印，颗颗都是他的碑文。

打开安徽凤阳小岗村的那扇窗
我的眼泪就滚下来了
窗台上，晨曦照进一个人的名字
鲜红的集体手印
像一棵树上的花带
默默地祭奠一头累死的孺子牛

想起这朝拜大地的孺子牛
小岗村每个村民都是讲解员
这头孺子牛反刍了所有辛劳的岁月
他曾在这里开垦贫瘠
让土地露出冰冻已久的笑脸
让飞鸟为自己的领地重新命名
让一只凤凰在此安居乐业

坐标

让阳光照着那片红着脸的葡萄园
和阳光下蒸腾的民意
不愿下山的夕照是故事的背景

孺子牛的能量是惊人的
他修公路，为26户村民盖房子
他办起特色产业和旅游文化节
他帮助小岗村成为全国十大名村
一头牛挤干了奶，留下的光阴故事
成为这片田野上唯一
被人们一直怀念

是民意的挽留，让大地左右为难
是民心的信任，让牛失去脾气
当一片土地开始走向春天
他的影子却消失在花丛中
消失在葡萄园的笑声里
在田垄中寻找他的足迹
只能看见一首诗
在村民的口袋书里
他们在葡萄架下
深情朗诵和一头牛
一起走过的日子

李灵：蓬勃春天里最美的农夫

颁奖辞： 一切从零开始，从乡村开始，从识字和算术开始。别人离开的时候，她留下来；别人收获的时候，她还在耕作。她挑着孩子沉甸甸的梦想，她在春天播下希望的种子。她是"80后"。

梦想遇上春天发了芽
这个发了芽的梦想
被一个美少女拾获
她端详着梦想的内容和主题
揭开梦想的封口
于是，她青春的命题作文
都与这个梦想有关

梦想指引她走进大山
留守儿童断乳的目光
让她决定为青春打一份长工
当一名无人与之竞争的农夫
用儿歌和拼音，用珠算和拼图
留下孩子们被掠走的童年

在他们眼神里重新写上童话
以及让童话里的太阳
重新照进结了蜘蛛网的内心

少女用一辆破旧的三轮车
装载旧书本和摇晃的笑脸，然后
把它们刷新成知识喂养孩子们
她开垦着一块艰难的土地
没有更多的劳作工具
简陋的教室，简单的教具
泛黄的书本加上微薄的工资
这一切没有影响这位农夫的
信念和快乐
她放下农具
像一株饱满的作物迎风招展

桃李不言，下自成蹊
7年的耕耘迎来300多株向阳花开
她直起身子
再次打开梦想的封口
这时，梦想开了花
好多孩子手牵手走过来，于是
梦想纷纷站了起来
膨胀成一个个芳草地上的巨人

翟墨：一个人的环球航海风光无限

颁奖辞： 古老船队的风帆落下太久，人们已经忘记了大海的模样。600 年后，他眺望先辈的方向，直挂云帆，向西方出发，从东方归航。他不想征服，他只是要达成梦想——到海上去！一个人，一张帆，他比我们走得都远！

翟墨有两种幸福的身份
艺术家和航海家
他把美丽变成现实
把一张纸，变成
最伟大的行为艺术
当画笔成为船桨
海水成为绘画颜料
当梦想变成一张远航的云帆
他成了一片叶子
开始了他上瘾的浪漫漂泊

从海水的浅蓝到深黑
就像一幅国画色彩的对比
一个人的环球航海，与远方有关

大海是一个气场强大的炼丹炉
易怒的表情远多过温柔的一面
孤帆远影，浪迹天涯
一颗孤独的内心吸纳无数
日出日落的语言
星星是夜深人静时的情人
一个人，一张帆，一张大海的床
以及一望无际的大幕
一颗航海家的心
就这样轻而易举将天地
压缩成一个拳头和一张帆

他用这个拳头
在印度洋五天五夜的暴风雨里
打了一场惊天动地的太极
他用这个拳头
和鲨鱼、海盗、美国大兵
玩了一场信念的掰手
他用这张帆
穿过15个国家的海洋心脏后
在拿破仑的墓前
用一句中文问候世界
他在钓鱼岛面前
用100面红旗的热烈
盖住慌张的白色
他用一个中国人的壮举
抬起2.8万里长的坐标

2009 年诗章

600年前的帆影已成一首
远行的歌
翟墨摊开一幅新的画图
他要到更深更蓝的海
冲浪去了

陈玉蓉：用脚步丈量伟大的母爱

颁奖辞：这是一场命运的马拉松。她忍住饥饿和疲倦，不敢停住脚步。上苍用疾病考验人类的亲情，她就舍出血肉，付出艰辛，守住信心。她是母亲，她一定要赢，她的脚步为人们丈量出一份伟大的亲情。

对陈玉蓉而言
母爱是武汉江岸上10公里长的堤坝
堤坝的内心，一半坚硬，一半柔软
7个月暴走的身影，拉长为一把卷尺
丈量着母爱的长度和宽度
把这些长度竖起来
就是母爱的高度

为了给儿子捐献一个健康的肝
她要把讨厌的脂肪卸下
说白了，她要从死神手中
抢回儿子还要远航的船票
死神给了她有限的谈判时间
她忍饥挨饿，强行暴走

2009 年诗章

陈玉蓉以身体为赌注
赌掉自己的明天
更换儿子的将来
这是不平等的交换，但
这是最成功的交换

儿子这棵病树，病得不轻
到了花期却开不了花
母爱是并排而生的树
她用自己的花接上儿子的树
于是，病树前头万木春
一位母亲的伟岸
是大地最可爱的背影
手术室内，母子的身体被成功连接
一场无声的接力赛在眼里进行
此时，血脉是一条爱河
死神望而却步
爱，战胜了一切

窗外，春天已经悄然来临
病房内，儿子在母亲身旁安睡
就像当年刚来到地球村的情形
少了儿歌，却有一样的气息
目睹这一切
一群呢喃的燕子
把故事带向了远方
带向了7个月来通红的黎明

坐标

当早晨醒来
母爱浸过的路
早已车水马龙
热气腾腾

张正祥：捧着高原明珠的那双手

颁奖辞： 生命只有一次，滇池只有一个，他把生命和滇池紧紧地绑在了一起。他是一个战士，他的勇气让所有人胆寒，他是孤独的，是执拗的，是雪峰之巅的傲然寒松。因为有这样的人，人类的风骨得以传承挺立。

执着，是个有温度的词
当它被放在一双手上
会产生两种不同的反应
可能成为一双手上的武器
可能成为一双手上的拐杖

森林中飞出的鸟
自然知道树木的温度
河中游弋的鱼
自然明白纯净就是最好的一张床

手无寸铁的老人张正祥
只有执着这把利器
他把一颗高原明珠揽入怀中

像亲吻酣睡中的婴儿
每一寸毛发、皮肤和异样的表情
都会惊动他的内心
或不安或欣慰
寻医问药，寻找标本兼治的良方
每一次寻找，他都要走上126公里
就像环绕了四季的轮回
每一次，他都会在四季的皮肤上
轻轻擦上润肤露

他用33年，加上
1000多个126公里的数字
告诉襁褓中的孩子
滇池我爱你!

他爱滇池
为她付出了幸福的代价
包括失去家庭和亲情的温度
包括被暴打失去一只眼睛
换来，滇池的光明和
迟到的春天

滇池有张正祥这个美容师
是幸福的，幸运的
滇池是张正祥的掌上明珠
他用生命捧起滇池青翠的名字
如此深情
如此执着
如此感人

萨布利亚·坦贝肯：西藏盲童眼睛里的光

颁奖辞：她看不到世界，偏要给盲人开创一片新的天地。她从地球的另一边来，为一群不相识的孩子而来，不企盼神迹，全凭心血付出，她带来了光明。她的双眼如此明亮，健全的人也能从中找到方向。

她从德国的小镇翩翩走来
天使一样的容颜
没有瞳孔的光亮却藏着光明和远方
像神话中的那盏神灯
绵柔的灯芯
如一条流过中西方的爱河
她手持神灯，像一位西方公主
光明进入西藏的土地
一个骑马的倩影站在世界屋脊
黑暗中，很多眼睛开始和光明对话

这是一位德国的美少女
穿越黑暗的光明之行
她能感受风的眼睛树的手

和大昭寺前那股梵音的流向
90多个被光明拒绝的孩子
聚了过来，他们在分享一本童话之书
他们在一起抚摸对方的皮肤
找到一个共同语言的房子
房子里有恒温和爱
藏盲文是孩子们唯一的玩具
一双手教会很多手
制作明天的奶酪
编织狭小空间里的梦想
育出有爱人间里的四季
和那盏神灯的模样

坦贝肯那颗柔软的心
又捧着她那盏神灯
去了印度
她用藏族盲童的眼睛
照亮——
逐渐变小的世界

宋文骢：鹰击长空之时他在云中笑

颁奖辞：少年伤痛，心怀救国壮志；中年发奋，澎湃强国雄心。如今，他的血液已流进钢铁雄鹰。青骥奋蹄向云端，老马信步小众山。他怀着千里梦想，他仍在路上。

老父亲当年为儿子起了个乳名
叫泰斗，证明老父亲
具有预言家的想象力
乳名里镶嵌着一只鹰
这只鹰
伴随了他盘旋翻滚的一生

这只具有攻击性的鹰
具有世界最高超的飞行本领
具有明显的国籍身份
为了这只鹰
为了给它最英气的外形
最强大的心脏和动能，以及
一切超越同类鹰的性能
作为这只鹰的研究者

他一辈子都钻进不大的房间
研究这只鹰的颜值和内心
这个房间里的人，角色分明
不是饲养员就是接生员
一只鹰从蛋壳里孵化出来
到鹰击长空
很多人都要为此劳碌一生
选择与蓝天谈一辈子的恋爱
选择这只鹰为终身伴侣
选择一道划过长空的闪电
作为青春的纪念品

宋文骢是这只鹰的家长
他将一只只成长的鹰放逐蓝天
让它们看清黄河长江的相貌
看清黑和白的颜色
明白正义和邪恶之间对决的绝招

他最骄傲的孩子歼10第一次远航
是他第二个生日，在这一天
他喝醉了，因为
他实现了一个磅礴的夙愿
谜底，藏在九霄云外

勇救落水儿童的长江大学学生集体：
他们手挽手唱了一首青春之歌

颁奖辞：他们纵身一跃，画出了人生最壮丽的弧线，他们奋力一举，绽放出生命最高尚的光芒。他们用青春传承了见义勇为，用无畏谱写了一曲英雄的赞歌。

很多年过去了
这一幕却没有过去
当年的荆州宝塔河成了一名思想者
他托起自己的下巴
一直在思索一个沉重的话题
青春，究竟有多重

江水这么多年来一直惦记着
15个青春的背影和3个年轻的名字
他们的举动
让宝塔河患上了顽固性失眠

长江大学的学生集体手挽手
没有事先的彩排

他们把课堂搬到江面
他们把最伟大的一次社会实践
当成一次生命的现场直播
他们把自身的体重
放在江面上，和那条
催人泪下的人梯
为了两位在江中挣扎的花朵
还有一个微笑的未来
面对滔滔江水的挑衅
他们手挽着手
唱了一首青春之歌

3朵19岁的生命凝成了江上的
一叶小舟
带着青春的无悔去了未知的远方
两位幼小的生命成了花坛里
滴血的太阳花
红得像清晨的颜色

这不是一种简单的交换
这是一个人生的不等式
大于和小于已经停止争论
15位英雄的青春
是这道不等式的伟大创造者

2010 年
诗章

钱伟长：用尽一生的力把祖国高举过头

> **颁奖辞**：从义理到物理，从固体到流体，顺逆交替，委屈不曲，荣辱数变，老而弥坚，这就是他人生的完美力学，无名无利无悔，有情有意有祖国。

80年前的加拿大
记住了一位中国留学生的身影

他28岁那年
爱因斯坦曾抚摸过他发烫的名字

抗战结束后
美利坚很想更换他的国籍和皮肤

他的眼里只有远隔重洋的母亲
如一颗钉子不愿离开认准的墙体

他抱着科学救国的行囊回国
行囊像护身符，一辈子未曾离身

坐标

1957年他陷入冬天
其他都丢了，行囊依然可以御寒

1977年以后他走向春天
声音成为那个季节最好听的旋律

1990年以后他在中国地图上留下标签
世界的目光对他刮目相看

他的思想很有力很有弹性
世界都可感知这种力的余波

他有一句话很好记
爱国是一生的专业

他的思想踢出了中国的世界波
足球是他玩转一生的宠物

他在足球的语言和行为中
找到了有关力的语言

他把这种力集合起来
三尺讲台成为希望的田野

这些变幻莫测的力元素
开始变得听话和温顺

这些魅力四射的力

2010年诗章

让一只雄鸡引吭高歌

他在这些力的里面
成功地嵌入中国人的名字

这些力围拢在一起
拍醒沉睡好久的东方雄狮

天亮了
出现了百鸟朝凤的美景

孙水林、孙东林：肩扛承诺走天涯

颁奖辞：言忠信，行笃敬，古老相传的信条，演绎出现代传奇，他们为尊严承诺，为良心奔波，大地上一场悲情接力。雪夜里的好兄弟，只剩下孤独一个。雪落无声，但情义打在地上铿锵有力。

那一夜的雪覆盖了整个大地
但是并不安宁

一定要付清工人的工资
夜空中回荡的这句话充满血性

腊月的雪，让回家的路结冰了
白色的哀思，抚摸着兄弟

血痕和泪痕，是那个冬天的表情
道义和良心，在雪地里高速快递

这次快递是一种生命的仪式
庄重而肃穆

2010年诗章

为了完成哥哥的承诺
在风雪的年关，弟弟把承诺扛上了肩

此行，弟弟是两个人在走路
整个城市在为他们让路

哥哥的灵魂在天上
弟弟的承诺在肩上

人在江湖
只有信义的宝盒没有掉入江湖

一深一浅的脚印
在雪地里凝结成一部传世之作

一根红线系着两颗心
昨夜的星辰里，我们看得见心心相印

承诺年前给农民工发工资
这是哥哥唯一的遗嘱

奔忙的大地，浮躁褪去
静观孙氏兄弟出演的连续剧

悲情和真情
彻夜难眠的大地圆睁通红的双眼

坐标

我在雪地里膜拜这件作品
膜拜后，我自己也变得通体透明

在我们透明的身上
有更透明的真理横在那

才哇：青海玉树最挺拔的一棵树

颁奖辞：对乡亲有最深的爱，所以才不眠不休，对生命有更深的理解，所以才不离不弃，铁打的汉子，是废墟上不倒的柱，不断的梁。他沉静的面孔，是高原上最悲壮的风景。

青青的青海，青青的玉树
童话般的都城受到历史的溺爱
那年童话的世界里缺了个角
色彩撒了一地

地震来得很突然
童话的都城没上锁
魔兽就闯进来了

地动山摇后的玉树倒了很多树
倒了很多房子，倒下很多古铜色的笑脸
但有一棵树没倒下
他在灾后还挺拔地屹立在山冈
屹立在一片废墟的村庄
屹立在一面旗帜的身旁

坐标

这是一棵有着钢铁意志的树
三位亲人倒在他旁边
砸痛了他的心
但他成了其他村民的肩膀和脊梁
一棵树的眼泪，深出表皮
成为夜晚风声抽泣的暗伤

这是一棵有着崇高信仰的树
十天只睡了十个小时。他说，
家倒了是小灾家园毁了是大灾
于是，始终以葱茏作为树的底色
保持思想的笔挺

一棵树的语言
朴素而有力

这是一棵平凡的树
在森林中，你可以看见他
你可能也看不见他
他平凡而挺拔

他保留着纯朴的信仰
亲吻着熟悉的土地和村庄
一辈子就待在一个地方
那是他一生坚守的阵地

郭明义：他把雷锋精神演绎成经典

颁奖辞：他总看别人，还需要什么；他总问自己，还能多做些什么。他舍出的每一枚硬币，每一滴血都滚烫火热。他越平凡，越发不凡，越简单，越彰显简单的伟大。

雷锋是个没有走远的名字
特别在中国，他的肖像和话语
有着特别的恒温
我们身边有很多雷锋
有老有少有男有女
他们都用同一个身份做着不同的事
但郭明义这个雷锋
是最活的雷锋
他的思想他的行为
把雷锋精神演绎得活灵活现
看见他
就听见一首歌在传唱

他像很多东西
蚂蚁，蜜蜂，老黄牛

他每天提前两个小时上班
目的是延长时间，把时间掰开用
他19年献血6万毫升
血液流过的血管
也是一条浩瀚的河
一条滚烫的河
他用一盏矿灯照亮明天
180多位特困生的笑脸
是一头老牛在土地上耕耘的最美杰作

他把无看成有，是生活的哲学大师
一间一贫如洗的陋室
如同人间藏宝室，内涵无比丰富
他把一生都捐了出去，包括
百年后那尊躯体和活着的思想

他最终会一无所有
却又是世界上最富有的人
比起当年的雷锋
他们是伯仲
他们都是用精神盘活大地的人

王伟：风雨中民心里不灭的灯火

颁奖辞： 大雨滂沱，冲毁了房屋掩埋了哭喊。妻儿需要你的肩膀，而人民更需要你的脊梁。500米的距离，这个战士没有回家，那个最漆黑的夜晚，他留给自己一个永远不能接起的电话，留给我们一种力量。

风雨中的那个夜晚
梦乡被淤泥深深掩埋
浑浊的泪水已经无家可归
耳畔是妻子无声的叮嘱
一棵开花的树
芳香还在贴身的兜里
风中却传来模糊不清的表情
苦涩的电波瞬间失语

风雨中那个夜晚
一盏不灭的灯火出现了
虽然摇晃虽然光亮不足
黑夜是一个吃人的陷阱
风雨也在一旁助纣为虐

山体滑坡更是在一旁火上浇油
这一天的大地面孔
简直气急败坏，无法形容
只有那明晃晃的一盏灯
如此深情
灯光照着大地变形的脸
只能看见它羞愧难当的表情

风雨中那个夜晚
王伟做了一个滴血的选择
一边是怀孕的妻子孤独无助
一边是他牵挂的危楼下的群众
他用仅有的这盏灯
照亮了几十位百姓被掩埋的眼
却没能看清家门口那棵开花的树
和树上刚结出的嫩果
这棵树倒在离他500米的距离
芳香散了一地

四位亲人掉进黑暗中的陷阱
沉重的山体，不请自来的泥石流
导演了这场人间悲剧
作为悲剧中的主角
王伟和那个夜晚让人刻骨铭心
一些卑劣的灵魂被拖进刑场

在那个风雨之夜
群众得救了，妻子却离开了他

一个男人错过了一个电话
以幸福的代价
感天动地

王万青：阿万仓草原上的 "好曼巴"

颁奖辞： 只身打马赴草原，他一路向西千里万里，不再回头。风雪行医路，情系汉藏缘。40载似水流年，磨不去他对理想的忠诚。春风今又绿草原，曼巴的故事还会有更年轻的版本。

在草原的霞光中
汉族兄弟王万青埋下几个秘密
策马飞奔42年后，这个秘密
被人揭开谜底，
草原上每一抹绿
都是捅破秘密的传播者

第一个秘密是他为何把藏乡当故乡
上海是一幅绚烂的画
草原是一幅纯美的图
王万青选择这片纯美
用纯美添加绚烂重绘了一幅
草原上的故乡
他把黄浦江的记忆缝入口袋

选择另一片辽阔作为梦想的温床
悬壶济世的种子找到了最好的土壤
这是他安家的理由
他拿起艰苦，放下安逸
走向人生的一望无际

第二个秘密是他为何用一辈子的时光
在一个地方完成一件作品
阿万仓是他心坎上的春芽
春芽上有他的藏族妻子
有他牵挂的同胞和没有门槛的家
他是藏族同胞的健康护栏
他曾经驰马飞奔在草原抢救同胞
他曾经背着医疗器械给藏民做体检
他是霞光中那腼腆的云彩
是阿万仓草原上的"好曼巴"

第三个秘密告诉我们
人生最好的选择是坚守
42年来，藏族同胞把他的名字
树了起来，他埋下的秘密
蔓生成草原上不败的花朵
有白色的芍药蓝色的鸽子花，还有
红色的山丹花，黄色的金莲花
究竟哪一朵像你，草原回答说
你42年的韶华，迷醉了阿万仓的四季
你就是四季
你就是百花

王茂华、谭良才：
那通红的笑脸似熟透的秋天

颁奖辞：烈火是一场生死攸关的测试，生命是一场良知大爱的考验，你们用果敢应战，用牺牲作答！一对侠义翁婿，火海中三进三出，为人们讲述了什么是舍生忘死，人间挚爱！

我看见燃烧的生命
跪在大地面前
虔诚似秋天般内敛
和含蓄

王茂华和谭良才
是世上配合最默契的一对翁婿
他们把生命的马达推到最高挡
像两支箭穿透厚厚的围墙
浓烟和火光，汽油和爆炸
死亡在狰狞地笑，6条幼小的生命
像一块冰即将被融化
两支箭的到来，扎进死神的心脏

孩子搭上箭上的翅膀穿越
重返春天

两具燃烧的肉体
以98%和85%的烧伤面积
典当生命的版图
城市的泪河瞬间决堤
汹涌澎湃涌进每一条胡同和巷道
鲜花低垂，黑夜提前到来
云朵放慢了脚步
两张病床的旁边
站满了这个城市的孩子

秋天以无限爱恋的目光
抚慰两个重伤的孩子
一个去了天国，一个还在人间
生死相依的翁婿，此时
完成了一次告别的合作
伤痛还在沉重的记忆中
他们通红的笑脸是那一年的城市护照
天地安静下来，暮色拉出揪心的挽联
孩子们用烛光追思一个老师

在心灵的课堂上
他们读懂了高尚的含义

何祥美：橄榄绿炼成钢铁尖刀

颁奖辞：百折不挠，百炼成钢，能上九天，能下五洋，执着手中枪，百步穿杨，胸怀报国志，发愤图强。百战百胜，他是兵中之王！

世界最好的大熔炉是部队制造的
熔炉集合了夏天所有的热量
凝聚了铸造尖刀的所有技艺
一把尖刀淬火成钢之时
就是大熔炉的荣誉出品

熔炉的作用是显而易见的
一个普通士兵，被洗去懦弱褪尽虚华
露出橄榄绿的底色
当拳头和理想铸成镰刀和锤头
身躯锻造成一块钢的坚硬
目光浓缩成枪王之眼
熔炉的红，成就了何祥美的红
他是一杆百步穿杨的枪
是山风中最凌厉的表情

2010年诗章

枪杆上，一抹旗帜的红
是飘扬在铿锵的方阵图里
那只空中猎鹰

这是一只千锤百炼的鹰
除了飞翔，鹰击长空
是天生的看家本领，也是
奔跑的大地最喜欢仰视的风景
九天揽月，五洋捉鳖
是何祥美在熔炉里铸就的誓言
誓言像火光跳动
他纵身一跃，成为大海的宠儿
深潜十米，他摸到了海洋母亲
最温柔的手臂

熔炉是个聚宝盆，何祥美一人
从大熔炉里学会30多种作战本领
海陆空三栖，兵中之王
6年的熔铸，已炼成一块好钢
橄榄绿已编织成最昂贵的皇冠
好钢做的刀，光芒
足够闪亮

刘丽：一株南国木棉的红艳

颁奖辞：为什么是她，一个瘦弱的姑娘，一副疲惫的肩膀。是内心的善良，让她身上有圣洁的光芒。她剪去长发，在风雨里长成南国高大的木棉，红硕的花朵，不是叹息，是不灭的火炬。

南国的那株木棉
腰板笔直，在城市的某个角落
起初并没有人目睹过它的红艳
从它树下走过的人很多
不同的表情，不同的心事
木棉的那树红
让城市有了共同的笑脸

刘丽很像这样一株木棉
贫寒的身世没有被春天拒绝
她30岁那年来到厦门
鼓浪屿曾听见她低沉的心语
她心中的春蕾计划就是梦想的来源
足浴城那条走廊很长很长

2010年诗章

她脚下的道路也很长很长
从每天中午的12点到次日凌晨2点
是她最辛劳和最清醒的时光
她在用体力和汗水换取
上百个失学儿童清澈的明天

那是她心中的一片海
那一片海，有她行走的沙滩
她那行脚印，或深或浅
如同人体足部的不同穴位
有些痛，有些不痛，有些刚好
洗脚妹的故事不胫而走
客人们找她洗脚
很多是为了传递一种无声的爱
她在足部穴位上找到了很多
爱心的支点和痛点
支点支撑着快枯萎的花朵
痛点是一双手在不同的穴位上
按下前行的开关

最美的洗脚妹刘丽
她的内心很朴素
在厦门，她的美是另一首《鼓浪屿之波》
她就是南国的一株木棉，内心绽放着
火炬的光芒，那些受助的孩子
感恩她那双粗糙的手
曾经抗击过贫寒
曾经抵制过诱惑

曾经承受过痛苦
曾经获得过共鸣和黑暗中
伸来的一双双温暖的手

她节衣缩食地生活着
用身体的伤痛和劳累熬过一个个星夜
然而，她无怨无悔
她手上，停着好多欲飞的翅膀
她看见，海伸出长长的手臂
希望一路滑行
沙滩上，那一行行脚印深深浅浅
却始终相连
一排排木棉，一双双翅膀
花香和力量都去了远方

孙炎明：灯塔上那盏不灭的长明灯

颁奖辞：重犯监室年年平安，而自己的生活还要经历更多风险。他抖擞精神，让阳光驱散铁窗里的寒冷，他用微笑诠释着什么是工作，用坚强提示着什么是生活。人生都有同样的终点，他比我们有更多坦然。

浙江的东阳，无数人都曾看见一座灯塔
灯塔很旧，光
柔和却很有穿透力
黑暗为此掀开蒙脸的面纱
航船为此懂得方向与光明的道理
很多时候，灯塔是无声的
灯塔微闭双眼，像一尊菩萨

当自由的心灵戴上枷锁
当一只鸟不幸摔断翅膀
当道德被蘸上黑色的墨汁
当一把刀失去了思想的控制
重监室内，一盏灯的柔和
射了进来，一群重病的人醒了

他们的思想感到口渴
他们的眼神由恐怖到平静
他们的躯体病得不轻
叛逆、歧途、冷酷和残暴的性格
是病因
在人生的考卷上，他们写错了答案
画错了行走路线
爽约了一个个美好的春天
孙炎明的中式调理
标本兼治

醒来后，这群重病的人
体温开始回归正常
抽搐的灵魂逐渐找到镇定的良方
扭曲的思想不再短路
开始用语言和力量照明
用29年时光照顾这片荒地的孙炎明
赤手空拳，赤胆忠心
用倒计时的生命能量
和野兽过招，与邪恶斗智
在双手刨开的航道上
长明灯明晃晃的
和太阳的光辉同样颜色
和月亮的清晖同样温柔

被修复的船开始新的航行
船舷两旁，拉出长长的身影
原来，晨曦在列队欢迎

2011年
诗章

朱光亚：一粒种子和一颗赤诚的爱国心

颁奖辞：人生为一大事来。他一生就做了一件事，但却是新中国血脉中，激烈奔涌的最雄壮力量。细推物理即是乐，不用浮名绊此生。遥远苍穹，他是最亮的星。

1950年，门开了
母亲为一个游子接风洗尘
为他更换了故乡的衣裳和称呼
走出家门那年，他还是个孩子。
如今回来，他仍是意气风发的少年。

在归国的游轮上
他振臂高呼
与51名留美同学联合发出
致全美中国留学生的一封公开信
巨大的涛声，响彻寰宇

他的行囊里，有一件重要礼物
是一粒种子，叫核思想
其实，他就是母亲手心里的宝

在春天的早晨
母亲端详着这种子
它发着光，发着热，充满力量
他发誓，要用这光，这热，这力量
去改变母亲被人欺辱的形象

在硝烟弥漫的朝鲜战场
他目睹了没有国之重器就要挨打的事实
枪炮声中，朱光亚剥开种子的表皮
告诉母亲，这种子不一般
一旦发芽，一旦破土
遇到强盗时可以吓唬对方
遇到欺凌时它可以像刺猬一样强大

面对贫瘠的土地
朱光亚从课堂走向实验室
从沙漠走向发射场
一粒种子的故事
秘而不宣
亲情被暂时隔离，名字被锁进保险柜
这粒种子的花期和预产期的公布
将是整个华夏最喜庆的时刻

朱光亚为种子找到了一个地方
蜂巢一样的迷宫
每个人都是精神的捍卫者
他把全部精力化为孵化的热能
用一片海和一片沙漠

摊开预产期的床
静默的空气里，没有人知道会发生什么
朱光亚也不知道
但他知道
春天一定能事先感知一朵花的花期
一棵树一定知道自己何时能换新装
一条河一定知道自己何时能咆哮

那天，阴转晴
种子撞开了春天的门
原子弹，核弹，导弹接连开花
国之重器喜获多胞胎
在迎接胖娃原子弹降生的那天
朱光亚满眼通红
他想唱一首《我爱你中国》

胡忠、谢晓君夫妇：藏区旗杆上
飘扬的高原红

颁奖辞：他们带上年幼的孩子，是为了更多的孩子；他们放下苍老的父母，是为了成为最好的父母。不是绝情，是极致的深情；不是冲动，是不悔的抉择。他们是高原上怒放的并蒂雪莲。

高原上来了两个人
好像客人，又好像不是客人
事实证明，他们是家人
他们在这里生起了炉火
让一匹快马把12年的光阴
从成都运到西藏

他们要干吗？
其实也没干吗
就是把课堂搬到海拔很高的学校
顺便一并把春天拖上山
这所学校的孩子，都光着脚丫
在童心的阴影地带席地而坐

2011 年诗章

像一根根孤独的草结成伴
在没有游戏的岁月中
看到自己成长的身影
都是斜的

两个人把当初许给对方的那颗心
复制到藏区孤儿学校
一下子多了那么多孩子
他们的精神喂养很科学很及时
是老师，是保姆，还是临时父母
角色多了，心田被开垦成广袤的田野
那些营养不良的嫩草
在裂缝的严冬过后，露出真实的表情
这些草，用最纯粹的一种颜色
回报他们逐渐褪去的青春

12 年，高原上那旗杆上飘动的红
浓缩为节日的底色，热烈又热情
琴声，歌声，还有星星的背景
调成两杯香甜的酥油茶
星星开口说话了
"喝个交杯酒吧"
"我没看见大地的笑脸可以绿成这样"
"我没看见隐形的翅膀可以绿成这样"
"我没看见爱情可以绿成这样"

为了这一切，胡忠、谢晓君做了回学生
决定一辈子模仿星星闪烁

吴孟超：银色的月光怎么会变老

颁奖辞：60年前，他搭建了第一张手术台，到今天也没有离开。手中一把刀，游刃肝胆，依然精准；心中一团火，守着誓言，从未熄灭。他是不知疲倦的老马，要把病人一个一个驮过河。

自然界似乎一切都与年龄有关
比如一棵树，一栋房子，一匹马
无论它们是否开口表态
都会在时光中磨出皱纹和年轮
唯有心，一旦找到青春秘诀
就不会变老，与年龄绝缘

肝和胆是兄弟，一生不分离
最了解它们的脾气和习性的
莫过于吴孟超手术室里那把刀
银光一闪，纵使兄弟有相争
纵使兄弟互为相斥
纵使兄弟不和起了病灶
那把刀，有一双银色的眼睛

黑白分明

吴孟超从年轻时干到90岁
依然像一棵树一样站着
他很熟悉特定房间里的工作台
台上有他的十八般武器
当然，关键是那把银色的刀
很轻，很薄，很锋利，通人性
每次站在那，他总会先扭开开关
与心中的月光
肝胆相照

这是不老的月光
90岁的老者手持那把银光
目光如水，一副慈父的模样
细细的通道上
兄弟相拥血脉相连
它们不再闹别扭不再扯皮
他用"五叶四段"的魔术——
让肝胆一生和谐相处
在吴孟超的调教下
每一对肝胆兄弟
都懂得这个道理
互道珍重

若不懂这个道理
付出的可能是生命的代价

杨善洲：上善若水育出那片绿林

颁奖辞：绿了荒山，白了头发，他志在造福百姓；老骥伏枥，意气风发，他心向未来。清廉，自上任时起；奉献，直到最后一天。60年里的一切作为，就是为了不辜负人民的期望。

大亮山，那条路，那片林。
那筋骨相连的山寨里
那闪烁的灯火
山林中所有的植物都在表达内心

大亮山曾经患上皮肤病
头发脱落，皮肤发黑，脾胃虚寒
飞鸟和它说上几句情话就分手了
动物们携家带口宁愿去北漂
走不动的老树忍受丧偶之痛
成为大亮山最孤独的空巢老人

山涧的溪流在没日没夜奔走相告
"救救大亮山吧"

一位老人爬上山坡
开始丈量自己的剩余价值
开始测量大亮山的心跳和脉搏
开始思量着用最环保的办法
为大亮山受冻的身体御寒
冬天走得很慢，老人的脚步很利索。
大亮山的冻土很硬，老人的心更"硬"
他把誓言种在山顶，把号角挂在树梢
把自己充满能量的名字贴到山寨
山寨的农户等了这么多年
终于找到换回绿水青山的真谛
终于找到一个会变魔术的高人

32年的时光，蝴蝶都聚在大亮山
深情看着老人的表演
以一首首华尔兹表达敬意
老人把一只只手拉上山
然后派发春天的福利
让他们跟着他，和春天签约
等待下一个青葱的回报
年复一年
5.6万亩的林木站了起来
18公里的路铺在农户心坎上
那明亮的灯火，照着不老的村寨
和遥远的塞罕坝一样，绿色的字迹
荡漾成磅礴的中国水墨画

刘金国：一把利剑是这样铸成的

颁奖辞： 贼有未曾经我缚，事无不可对人言。是盾，就蠢立在危险前沿，寸步不退。是剑，就向邪恶扬眉出鞘，绝不姑息。烈火锻造的铁血将帅，两袖清风的忠诚卫士。

高岗上，风很大
大得把根系不牢的植物吹倒
大得让低矮的灌木无法爬上阵地
大得让人看见像剑一样的山风
呼啸而过
没有任何人间污染

当一把剑淬火成钢的瞬间
它会想到有关自己的前世今生
炉火和高温是剑诞生的见证者
力量的大锤将多余的空间和虚荣
——压榨，把它们驱赶在体外
剑身躺在炉火上
当知道自己将模拟剑的一生
即将过着剑一样的生活

即将义无反顾地履行剑的职责
它选择经历火星四射
作为浴火重生时的洗礼

每一次敲打
他的思想和信念越发坚固
每一次敲打
邪恶与卑微就后退一步
刘金国
高岗上的呼啸山风
淬火锻造的剑胆琴心

让我们看看这把剑上铸就的铭文
"如有不廉洁，不公正，不负责，不作为
将不再成为一把剑"
"坚决言行一致，绝不失信人民"
人剑合一，人在剑在
剑上的文字已入剑心，光芒四射
剑身竖起，一处高岗站立

让我们再看看这把剑上铸就的铭文
20万个农转非指标
人民是首选，家庭成员都落选
汶川现场，剑是舟，剑是老百姓的温床
大连新港输油管线爆炸，剑是冲锋舟
是撑天的盾
惩恶打黑的战役中
亮剑在熟睡的黎明

呼啸在晨曦的山冈

两袖清风之间
这把剑一直别在刘金国腰上

张平宜: 隐形的村落有青鸟的爱巢

颁奖辞: 蜀道难, 蜀道难, 台湾娘子上凉山。跨越海峡, 跨越偏见, 她抱起麻风村孤单的孩子, 把无助的眼神柔化成对世界的希望。她看起来无比坚强, 其实她的内心比谁都柔软。

蜀道估计是智者的化身, 不然
为何很多人都无法读懂它, 为何
最终用一个难字去概括它的前世今生
其实蜀道是剑胆琴心的智者
执着是它必须收取的通行证
读懂它, 蜀道就可以
被轻而易举地折叠到行囊里
让一只青鸟捎到任何一个地方

千百年来, 蜀道都没开口说话
但它总是心知肚明
善良和企图, 宽厚和狭窄
都是它面前出现的一个个细节
只有好的故事

才会被它牢牢惦记

沿着蜀道一直走，就到了一个村庄
那是凉山彝族的一个村
它像隐形人一样被空气隔离
像一颗滑落的星辰跌入草丛
像一头逃窜的猎物躺进大山
歧视惊恐麻木愚昧和落后
成了这个村落发霉的标签
麻风村的空气，和蜀道上的绝壁
让人窒息

但是，有位铁娘子张平宜
像只青鸟从海峡那边，飞来
之后，就不愿离去

她想用身上羽毛的颜色
驱散村里表情的灰暗
她想用嘴里含着的种子
改变一群孩子慌张而无助的明天
她想重新耕种这里的土地
用一间学校的书声，捅破明天
跟蜀道打个赌
千难万险也敌不过柔情百转
蜀道不语，默认这场博弈

舍去而得到，绝处而逢生
青鸟用有力的翅膀

为麻风村驱寒，驱魔
她站立枝头，筑起爱巢
远望去，蜀道那头
书声琅琅，一股奇异的芳香
从远处袭来

孟佩杰：一只羊羔对反哺的伟大诠释

颁奖辞：在贫困中，她任劳任怨，乐观开朗，用青春的朝气驱赶种种不幸；在艰难里，她无怨无悔，坚守清贫，让传统的孝道充满每个细节。虽然艰辛填满4000多个日子，可她的笑容依然灿烂如花。

山西临汾，有一种奇异的酒香
4000多个日夜始终沁人心脾
很多人循着芳香，一路小跑
找到仅有的一处香源
人们停下脚步
眼前，女神一样的少女
亭亭玉立，笑靥如花
莫非，香味从她身上传来
她笑了笑，扬起手中的一幅画
画里，是蒙娜丽莎的微笑
大家都醉了

她那么小，那么稚嫩
怎么就举起了一个

最大的道理最重的道理
扛在肩上，勒在肉里
病重的家瘫痪的养母
和一条通往象牙塔的路
这家那么沉，柔肩那么弱
一只羊羔的反哺之举
教人热泪盈眶

她把不幸的童年踩在脚底
让苦难成为青春的止痛药
背着母亲上大学，不是口号
是少女的日课
那个竹篮里
装着一只羊羔对反哺的伟大注解

她把孝字捧在胸前
生怕它滑落，捧着它，每天书写
读懂孝道，她自学成才
为瘫母喂饭翻身，倒屎倒尿
月亮被眼泪蒙住双眼
星星看得泪光闪闪，天河水位都上涨
每一棵树都保持立正的姿势
在12个严冬中，美少女孟佩杰
始终让城市的文明小屋灯火通明
始终让我们记住
孝字的写法

吴菊萍：从天而降的不仅仅是意外

颁奖辞：危险裹胁生命呼啸而来，母性的天平容不得刹那摇摆。她挺身而出，接住生命，托住了幼吾幼以及人之幼的传统美德。她并不比我们高大，但那一刻，已经让我们仰望。

小区有一种生活秩序
有序和无序，像不同的植物状态
一扇门的距离，一栋楼的间隔
在熟悉和陌生这堵墙之间
忽略了彼此的姓名
忽略了彼此的口音
忽略了一处夏日清凉和冬日暖阳

这样的故事时有发生
在故事和事故之间
一位母亲演绎了前者
用自己的双臂，接住从十楼掉下的小孩
那是别人家的小孩
是别人身上掉下的肉，是别人血管里的细胞
然而，在她眼里，母爱没有拆分的必要

母爱是人心共同的温室

这沉重的意外，不是苹果的故事

母爱瞬间升腾，那一把托举

让所有关闭的心门渐次打开

母爱的味道像张床

让所有的孩子都可以安详入睡

母亲伤得不轻，病床外，道德站立着

小区里，满园春色

人心的伤口很快愈合

那时，不是勇气占据内心

是角色让她完成不可能的托举

母性的光辉点亮社区

发生事故的十楼，离人心只有一步

邻里之间内心相互腾出的空地

开始迎来绿意盎然的季节

一支箭的速度，把一切抛在脑后

射箭的人叫吴菊萍

事先没有受过任何专业训练

却能百步穿杨

当人们在讨论这件事时

总结出意外发生时的两种结果

如果只有故事而没有事故

人心这座桥就不会有那么多

来来回回

杭州那么美

是不是也和这故事有关

阿里木：草根慈善家眼里的星星之火

颁奖辞：快乐的巴郎，在烟火缭绕的街市上，大声放歌。苦难没有冷了他的热心，声誉不能改变他的信念。一个人最朴素的恻隐，在人群中激荡起向善的涟漪。

脱下军装还是血性男儿
岁月重新染色，材质不变
从新疆到贵州，一串串的羊肉串
排列着整齐划一的心事
草根慈善家眼里的星星之火
燃烧了一个又一个夏天

阿里木是新疆的草根范儿
退伍不褪色，不退步
30万串羊肉串的香味飘进了校园
整个校园支起爱的篝火

阿里木挣了不少钱
但是他很穷，钱都花给校园了
捐给了失学的大学生

为了救患肾病的孩子
在毕节学院设立奖学金
比如为山里娃都买上新书包
羊肉串换来孩子们走向明天的盘缠
虽然金钱在他面前
总是不辞而别，但他无所谓
他愿意
做这个贫穷的富翁

他穷得很开心
像荒野中平凡的一根草
独自跳起一支春天的舞
他穷得的确很开心
像贵州大山处的一眼清泉
弯弯曲曲地就滋润了我们
很清很细
很暖很暖，很甜很甜

他穷时，是一根草
他很开心，一根草也有完整的春天
慈善是他远行的绿卡
他烤出人间最香的羊肉串
让那么多学生
一生回味

刘伟：用不屈的灵魂演奏生命音符

颁奖辞：当命运的绳索无情地缚住双臂，当别人的目光叹息生命的悲哀，他依然固执地为梦想插上翅膀，用双脚在琴键上写下：相信自己。那变幻的旋律，正是他努力飞翔的轨迹。

"在我脚下只有两条路
要么尽快去死，要么精彩地活着"
这是被高度压缩的思想
这是被灵魂浓缩的乐章

对于失去双臂的刘伟来说
就像一只鹰，刚想试飞
翅膀摔断
天空和远方瞬间背叛
诗歌和美酒变得索然无味
裸露的青春皮肤被烈日炙烤
灵魂被暴晒，只有没受潮的思想
还很干净

怎么办
梦想和现实开始斗殴
开始纠缠，推搡
刘伟一头潜入水中
在另一个透明的世界
看到了自己的灵魂还在挣扎
看到了一只青春的狮子
冲着他吼叫
那种血性和雄性，一次次印在
青春的日记里

没有人规定钢琴只能用手弹
他想到了那双还算听话的双腿
可以代替一双手的柔情和热烈
黑白的世界，其他颜色逐渐被还原
他用双腿端正倾斜的灵魂
在维也纳的金色大厅
让自己的思想端坐高堂
他让所有人的灵魂都站立起来
为他鼓掌
让所有人都陶醉于这首
青春之歌

2012 年
诗章

罗阳：在大国的梦乡里起航

颁奖辞：如果你没有离开，依然会带吴钩，巡万里关山。多希望你只是小憩，醉一下再挑灯看剑，梦一回再吹角连营。你听到了吗？那战机的呼啸，没有悲伤，是为你而奏响！

我不明白，在一张很大很大的床上
你为什么连个招呼都不打
就那么快进入梦乡
你枕着海浪，旁若无人，听着舰载机的轰鸣
像一个玩累的孩子
沉沉地睡去，嘴角一直带着微笑
旁边，一本没有读完的书折着小角

你梦见了什么？
是涛声还是海燕，还是深蓝里的一条鱼
是祖国的海岛还是那面旗帜
你留在辽宁舰上的脚印告诉我
你梦见了飞翔和远方

辽宁舰上，钢板闪着光

梦想被打磨得锃亮锃亮

那是你的标签

到处张贴在祖国的海疆

被海鸥追逐，被巨浪拥抱

你立于甲板，手搭凉棚

总指挥的风采

让浪花都站起来为你鼓掌

你把自己当一台机器

没日没夜，不肯关机

能量从何而来，我们知道——

你想让海疆的堤岸更牢固

你想让祖国的海岛都插同一面红旗

你想让妻子久等然后给她更多的惊喜

军港之夜，月亮投向长长的影子

在甲板上，你的名字变得很温柔

海鸟贴着你的梦乡，一只你熟悉的海豚游过来

想偷听你鼾声里的秘密

无尽的思念

融化在喷薄的黎明

林俊德：呕心沥血只为给国家铸就核盾牌

颁奖辞：大漠，烽烟，马兰。平沙莽莽黄入天，英雄埋名五十年。剑河风急云片阔，将军金甲夜不脱。战士自有战士的告别，你永远不会倒下！

解放军医院的病房里
他生命的秒表，嘀嘀嗒嗒
倒计时里储存的光阴，所剩无几
他想用体内最后一点热
最后一点光，去照亮升腾的蘑菇云
表达一生忠贞不渝的热爱

林俊德就像一个老顽童
52年只有一个爱好
他像忠于自己的初恋和爱情
像海燕忠于天空和暴风雨
像一棵树忠于茂密的森林
他选了这个爱好，拿起便无法放下
选择知难而进，选择水滴石穿
选择和一种誓言同行

坐标

选择了不变的位置打造一样东西

什么东西值得他呕心沥血
原来，他在为国家铸造一个利器
核盾牌
他手里掐着秒表
为每一次试验
一点点透支不多的光阴

45次花开，春天的每一份请柬
都写着他的名字
每一片花瓣，材质都是铀
空中的热烈和地上的欢呼
如同天地间的大合唱
林俊德是核心的合唱队员
低音大提琴树起他的心事
他手持盾牌，从大漠中走来
从高原上走来，从大山深处走来
盾牌上，闪着稻穗的光芒

秒表停了，林俊德终于躺在时间的被窝里
他太累了
天下太平时
谁也别叫他，让他睡个好觉
好吗

李文波：在南疆站立 20 年的礁石

颁奖辞：20 年坚守，你站成了一块礁石，任凭风吹浪打。你也有爱，却只能愧对青丝白发。你也有梦，可更知肩上的责任比天大。你的心中自有一片海，在那里，祖国的风帆从不曾落下。

天那边，海那边
960 万平方公里的棋盘，一盘和气
南疆，祖国的南疆
那些岛那些礁，是棋盘上
晶莹跳动的棋子
棋子都有同一个母亲，同一个户口
都有最好听的乳名
比如永暑礁

永暑礁上，站着一块不普通的礁石
皮肤黝黑，古铜色的表情
20 年来保持同一种姿势
保持同一个位置站在海天一色
世界上

很难找出第二块这样的礁石
礁石也有名，叫李文波

20年前，因为蓝色的召唤
李文波把心渐渐凝固成礁石的质地
他选择永暑礁为新的故乡
让思念和信念一起登岛
在永暑礁上安营扎寨
海风曾经无数次为他快递梦乡
海浪曾经无数次拍打
在他身上，拍打在那块通人性的礁石

他曾经孤独地站立成岛上的一棵松
他曾经很想让自己成为海鸟
随时可以飞回北方，看一看
出发时的巢，亲吻一下病榻上的娘
和同样像守礁一样的爱妻
然而，李文波做不到
97个月的思念，被他裹在心里
97个月的孤独，被他捏得粉碎
97个月的站立，他就是永暑礁上
最美的礁

这块礁石
上通天文，下知地理
20年，这块礁石
将140多万组水文气象数据
作为礁石永久的文身刻在那里

张丽莉：最美女教师的天使翅膀

> **颁奖辞：** 别哭，孩子，那是你们人生最美的一课。你们的老师，她失去了双腿，却给自己插上了翅膀；她大你们不多，却让我们学会了许多。都说人生没有彩排，可即便再面对那一刻，这也是她不变的选择。

这是一个不美的场面
但是诞生了最美的画面

丽莉老师，你是不是忘了自己的年龄
花季一样的你，就这样挡住飞驰的汽车
我们捧起你带血的名字
血肉模糊的双腿不再听你使唤
我们同样流血的心，终于明白
你忘记了你也是一个孩子
你忘记了你和春天早就约好的聚会
你忘记了自己还有爱情还有初恋
因为你忘记了自己，所以
你为身后的孩子腾出生的座位
腾出一本童话书的空白页

坐标

面对选择，特别是瞬间选择
你让思想听从内心
事故发生时，你张开天使的翅膀
纵使汽车没有刹车
纵使你知道手臂张开的意义
纵使你知道花季会戛然而止
纵使你阻挡了一个悲剧的发生
却无法阻挡另一个悲剧的来临
病床上，双腿已和你说永别
幸运的孩子和这个城市
都为你献花
他们想用无数的花装饰你的笑靥
他们都是你的双腿
都是你课堂上播种的优良作物
思想健康向上

连张海迪都鼓励你，丽莉老师——
你的最美是公认的，毋庸置疑
在伟大和卑微之间
你给所有人上了生动一课

陈家顺：卧底基层为了能听到真实的心跳

颁奖辞： 为乡亲卧底，你吃遍所有的苦，为百姓打工，你换来群众最多的甜。你乔装打扮，却藏不住心底最深的惦念；你隐姓埋名，可我们都知道你是谁，为了谁。

街边下着小雨，一面镜子也贴在地上
灯火通明的流水线上
岁月来回穿梭，线装书一样的面孔
像生产出来的产品
有同一种称呼同一种标记
所有的大门紧闭，时间在手中翻来覆去

农民工世界里
心里话像汗水一样咸和浑浊
有一位好官陈家顺，就藏在他们中间
和他们同吃同住同劳动，用嘶哑的乡音传递乡愁
闻着他们汗水里的心事
在工余，听他们讲梦想被碾碎的过程
他看到了农民工
最为整齐和朴素的世界

他看到农民工兄弟的内心
也像仓库的储存丰富无比
当养猪工人，他明白农民工兄弟
如何让心灵的稻田保持青翠
当搬运工，他领悟农民工兄弟
是如何熟练掌握拿起和放下的道理
当民办教师，他懂得农民工兄弟
一样有心中的太阳和半个月亮

陈家顺自找苦吃，其实
他想慢慢咽下这些兄弟
又咸又苦的嘱托以及心愿
他咽下去的
其实是娓娓道来的心里话
只不过，很多人没咽就把它吐了
连同很多筋骨相连的血肉
这一吐，路就脏了
最后收拾卫生，保持整洁的
还是这些弯腰的兄弟

记住这些兄弟
和同样弯腰的兄弟陈家顺
他这样做的好处
是听地上那面映照真相的镜子
说了真话

陈斌强：把母亲当成当年的襁褓

颁奖辞： 小时候，这根布带就是母爱，妈妈用它背着你。长大了，这布带是儿子的深情，你用它背着妈妈。有一天，妈妈的记忆走远了，但爱不会，它在儿女的臂膀上一代代传承。

那条弯弯的山路，30公里长
如果用乘法计算
每天往返一次，坚持五年，风雨无阻
这是什么样的距离
这可不是一路欢歌的旅行
他，在岁月的打磨中
反哺之义铺成人生最美的路

山路虽然不发表意见
却心知肚明
每一次碾过
每一次风过，每一次雨过
每一年春暖，每一年冬雪

坐标

山路都会打量手臂上的两个人
了解他们的关系
查看他们的出发地和目的地
五年的行程累计
是孝心重重的总和

每天他把母亲绑在背后
像背着熟睡的孩子
像母亲当年搂着他的襁褓，只不过
今天实行角色交换
他在体验母亲剩余的角色
母亲很听话，就像孩提时代的自己
她不喊，她不动，就这样静静地
趴在一座熟悉的山上

听着山风呼啸而过
或停下致意的脚步
并不狭小的世界
山花沿途开放或点头微笑
飞鸟盘旋头顶或撒下祝福
一碗母子连心羹香气扑鼻

五年里，时光在一点点变老
很多打结的心事被解开
唯独大孝子陈斌强背上的襁褓
不肯松开
他把孝心结实地装进自己的教科书

再把这些营养品带到课堂
黑板上，一幅画出来了
那条30公里长的山路
站起来开始动情讲述

周月华、艾起夫妇：
最美的组合展现最长情的告白

颁奖辞：她背起药箱，他再背起她。他心里装的全是她，而她的心里还装着整个村庄。一条路，两个人，20年。大山巍峨，溪水蜿蜒，月华皎洁，爱正慢慢地升起。

和雄浑的大山相比
纵横交错的山道，恐怕就是
一条条血管或脉络
一对身影，好似两只结伴而行的蚂蚁
这对最温馨的黄金搭档
能从庞大的山梁上挨家挨户
叩开一扇健康的大门

13道高高低低的山梁
是一座山沉睡后鼾声四起的表情
山道上，一对毫无睡意的身影
两个人，又好像一个人
他们和蚂蚁的步伐很相似
知道自己要做什么

知道自己脚下的路一直通向哪里
他们的造型很特别
一只受伤的蚂蚁趴在另一只身上
是为了回家，是为了敲开健康的门
妻子趴在丈夫背上，一座山成了马夫
丈夫是妻子流浪的左腿，流动的
不仅仅是身后那条崎岖的路
宽厚的肩膀是她能触摸的四季舞台
山梁那边，他们是村寨里最有效的止痛药
所以，跋涉，是幸福不肯停歇的理由

我问过山梁上他们曾经歇脚的树
树说，烈日下，暴雨中
它曾经无数次看过他们的身影
曾挽留过他们多待会儿
曾看见他们的爱情一步步翻越高山
曾目送他们执着的背影成为月光中
那一抹悠长的清晖

树还说，它曾经在高岗上
看过最感人的一幕，5000位受助的村民
都打开自己的家门
迎接为他们缝补伤口的亲人

树说，它感动了20年
每天，都站在那等他们
他们没有一天爽约
两个人的长征，完成
最美乡村医生的注脚

何玥：你那么小却举起那么大的道理

颁奖辞： 正是花样年华，你却悄然离开。你捐出自己，如同花朵从枝头散落，留得满地清香。命运如此残酷，你却像天使一样飞翔。你来过，你不曾离开，你用平凡生命最后的闪光，把人间照亮。

12岁，你只是花蕾
只是父母掌上的明珠
只是《绿野仙踪》里的多丽娅
没有大脑的稻草人，没有心的铁皮人
还有没胆量的狮子都是你的玩伴
他们要和你一同打败巴希姆
这个长在你心灵上的毒瘤

你对这个毒瘤轻描淡写
你才12岁，却能像英雄一样视死如归
红领巾上那抹红很像你的脸
尽管多次大手术后，你的梦想
被切得七零八落，被巴希姆的妖风
刮得睁不开眼

然而，你的善良和勇敢依然和你血肉相连
未曾后退半步

当你知道生命只剩下三个月
秒表开始倒计时，你作为森林的女儿
对所有的听众发表最后的主旨演讲
捐出自己的所有，包括芳香和笑脸
你话音刚落，整个森林都开始颤抖
巴希姆羞愧难当，被你的精神俘虏
你用最美的一朵花蕾，让人间
闻到奇异的花香
你用和年龄无关的举动，打败了
人间世俗

高秉涵：你让回家的路变得有诗意

颁奖辞：海峡浅浅，明月弯弯。一封家书，一张船票，一生的想念。相隔备觉离乱苦，近乡更知故土甜。少小离家，如今你回来了，双手颤抖，你捧着的不是老兵的遗骨，一坛又一坛，都是满满的乡愁。

海峡两岸，其实只有一张船票的距离
从空中看，只是海燕一首歌的时间
透过那片海，也只是一条鱼一眨眼的工夫
但那是一条路，无论怎样看，都是
血脉相连，血浓于水

那条河不是直的，是弯的
是诗行，也是柔肠
是灵魂里的一条隧道

高秉涵不是诗人，却有诗人的柔肠
这条路曾被他打包折叠成结实的行囊
20年来，乡愁在路上来来往往
路两旁，站满了人，都在朗读余光中

2012年诗章

一个老人从诗作中走出来
彩蝶在前面开路
他的行囊简单而沉重
那是100多个台湾老兵的灵魂
这些不死的灵魂，生前都是失散的孩子
直到他们头顶飘起雪
依然没有安排好踏上回家的行程
海峡两岸，日子黄了又绿，风起了又停
唯有那首诗他们还能背得断断续续

老兵们把灵魂寄托给高秉涵
希望魂归故里，在家乡的怀里睡个好觉
不想再问失散的原因
只想，枕着那首诗安息

高秉涵双手捧着这些嘱托
他想起自己当年流浪在这条河上的故事
想起那些刺痛和海水的味道
咀嚼月缺月圆时那棵大树下的清晖
他抚摸着这些渐渐安静的灵魂
像哄睡一个个躁动不安的孩子
泪流满面地看着他们好不容易进入梦乡

高淑珍：热炕头上响起琅琅书声

颁奖辞： 粗糙的手支起课桌，宽厚的背挡住风雨。有了爱，小院里的孩子一天天苗壮起来。你的心和泥土一样质朴，你撒下辛苦的种子，善良会生长成参天大树。

和农田打了一辈子交道，和蚯蚓

恋爱了一生

泥土和稻穗的关系已一目了然

金黄色的约定，没有保质期

被藏在泥土下方

如今农家小院的热炕头上，是谁

铺上了另一层金黄，另一把稻穗

是高淑珍

从泥土的朋友圈转行

来到另一片稻田中间

得宠的孩子，娇艳如新月

初心是缘于爱自己的儿，然而

在掉色的春天，依然有被人遗忘的荒芜

像她儿子一样的孩子，同样呻吟着

脸色苍白的他们，被挡在春天的车门外
小手里的车票早已过期
就算晚点的列车上
也没有他们想找的座位

高淑珍开出爱心小火车，内生的动力
不快却很安全
近百名残疾孩子被放进车厢
就像散落的稻穗
他们也是种子
热炕上，希望被依次排开
通红的小脸开始融化忧愁
心灵的体温逐渐回到正常值
高淑珍点燃细微的烛光
烛光，照在土墙上，照在炕上
照在一件毛衣上
从冰窖里取出的知识
开始源源流进新的稻田
书声成了最好的肥料
爱心校园里，霞光跟稻穗的颜色
如出一辙

14年过去了
高淑珍腰更弯了，手更粗了
当金黄的稻穗堆满校园
深秋的风景里，那长长的身影
是一双手拉着一双手
一行脚印连着一行脚印
一首诗发酵成另一首诗

2013年
诗章

黄旭华：潜在深水中的神秘亲人

> **颁奖辞**：时代到处是惊涛骇浪，你埋下头，甘心做沉默的砥柱；一穷二白的年代，你挺起胸，成为国家最大的财富。30载赫赫而无名，花甲年不弃使命。你的人生，正如深海中的潜艇，无声，但有无穷的力量。

你活了那么大岁数
居然三分之二的生命都是潜在水中
最深时在水下300米
你把亲情、友情和爱情都装进压力舱
成百上千倍的压强对你做心理测试
隐身尘世，走进国家的军事禁地
除了生命，其他的都上锁
闲人一律免进

一张空白的纸，让你出试题做答卷

那不是一般的船
算盘和草稿纸被挪到未名的小岛
亲情都涂上隔音材料

在近似真空的世界，你和一群隐身人
在培育深入浅出的本领
以及像鲨鱼一样面对盗猎者
露出那排利齿
你为核潜艇
植入人生的沉浮理论
找到锋利的玄机和胜利的钥匙
你在母亲面前消失了30年
你在父亲面前模糊了身影
他们以为你没出息
躲在人世的角落，无颜见江东父老
可是，你不能说，不能放手
你用长达30年的哑剧
演绎真相
你和父母重逢的那天
任何节日的仪式都黯然失色

潜在水中那么久，咸和苦只是调味品
1964年中国第一艘核潜艇问世
1970年第一艘核潜艇试航
1981年中国第一艘导弹核潜艇下水
这些宝贝陆续出世
你才有机会浮出水面
阳光替你洗了第一把脸

如果有人问一个问题
人在水下最长能憋多久
只有黄旭华的答案最惊人
30年

刘盛兰：你在晨光中拾起仁心厚德

颁奖辞：残年风烛，发出微弱的光，苍老的手，在人间写下大爱。病弱的身躯，高贵的心灵，他在九旬的高龄俯视生命。一沓沓汇款，是寄给我们的问卷，所有人都应该思考答案。

晨光中，耄耋之年的老人
是那散开的不老阳光
充盈的早晨，万物在整理内心
昨夜的遗物被丢弃在马路旁
被风卷起，被风吹走，或者被埋在
城市低矮的眼光中
老人挣开世俗的挽留，从安宁走向流浪
从衰老走向年轻
他每一次俯身
都拾起一个发烫的早晨

孤独的身影，不孤独的内心
在山东烟台招远市蚕庄镇柳坑村
那个简陋的老房子

坐标

那间20年没有飘出肉味的厨房
安放老人秘藏财富的小屋
是一沓沓褶皱的汇款单一大摞回信
一铺炕，一件棉袄和几个旧箱子
小胡同里，阳光每天进进出出
足以慰藉老人贫寒的生活
他衣衫褴褛，却内心整洁

他让自己去拾荒
他不想让孩子的明天丢荒

7万多元资助了100多个孩子
这是孤寡老人刘盛兰20年的工作
城市的灰尘淹没了他微弱的身影
残年风烛的那盏灯很微弱
他曾经从很多人的身旁走过
很多人在心里曾把他当垃圾
殊不知，因此错过了心灵洗礼的
入场时间

让我们轻轻拨亮老人那盏灯吧
在城市的夜空，驱散一些寒意
在春天的田野，让我们用这盏灯
照亮老人留下的精神遗物
那间小房子，门槛很低
是人们找了很久的爱的小屋
在门外，仁心厚德的光芒
像礼花燃放夜空

陈俊贵：风雪之夜裹起永不结冰的誓言

颁奖辞：只为风雪之夜一次生死相托，你守住誓言，为我们守住心灵的最后阵地，洒一碗酒，那碗里是岁月峥嵘；敬一个礼，那是士兵最真的情义。雪下了又融，草黄了又青，你种在山顶的松，岿然不动。

新疆乔尔玛烈士陵园，风雪停了
168位英雄的家，也是陈俊贵的家
每天，他总要和家人说上一些话
给他们讲讲家外的新闻
比如，新疆更美了，天山不再寂寞了
陪他们守住他们，也是陪自己守住自己
风雪之夜遗失的那块阵地

白茫茫的阵地上，班长郑林书塞给他
最后一个馒头，让他走向远方
班长倒下后，成了一条路
他把班长最后的话裹在内心，任岁月漂白
依然保持血红的颜色
最终，信念夺回了阵地

与班长的英名一同不朽

班长的叮嘱，像天山的雪莲
20年不败在心灵的寒极
只有在心灵的寒极
才能和逝去的战友一同苏醒
才能忆起最后那个馒头的坚硬
能想起雪夜永不结冰的誓言

打开誓言的包裹的时间有点晚
但誓言没有变质，没有变色，没有变味
像天山刚落下的雪
像出发时身上墨迹未干的信纸
誓言被层层包裹了20年
打开的那一天，天山的雪莲都开了
天山公路树了起来，成了丰碑

这些年，陈俊贵选择了最好的誓言保鲜剂
选择与烈士陵园终生相伴在雪地
离开家庭走向信念的圆心
无怨无悔的老兵陈俊贵
用一个誓言
在雪地树起信仰的丰碑

段爱平：她就这样兜住民心的底

颁奖辞：山梁挡住了阳光，你用肩膀扛起乡亲的盼望，没有惊天动地，总是一点一滴。村庄在渐渐丰满，你的身体却慢慢柔弱。庄稼，总要把一切还给泥土。你贴工，贴钱，贴命，你还贴近百姓的心。

返底村，一顶穷帽子戴了好久
穷到触底而未见反弹，大面积失血的日子
揭不开锅的表情，缺少日照的村庄
黑灯瞎火，道路泥泞
只有飞鸟还能找到家的方向
村口的梧桐树是空的风景
行走的人，都空着内心

幸好，返底村的好媳妇当了家
家当就是当年的嫁妆
大锅里，村民的眼睛被熬得通红
那顶帽子被山风吹得摇摇欲坠，但是
还是扣在那口大锅上，锅需要油光来洗脸
炊烟消散，看门狗也失了业

返底村像掉了红漆的墙柱
发白的躯体日益钙化
如不治疗，危矣

好媳妇把自己当成村里的女儿
她打开一个化妆盒
先用描眉笔为村里画出一所学校
画出灯火阑珊的村庄
再用唇膏为村里印出一条公路
公路旁，红色聚成爱心
村里老人院的海棠伸出一片红
她取出粉底
为苍白的村庄扑上青春颜色
脱胎换骨的村庄不是画
而是从画中走出来的鲜活作品
段爱平是第一作者

返底村终于摘掉了穷帽子
披上了金色的围脖
村头的小溪沿途发布春天的喜讯
段爱平和村庄交换了健康
她就这样兜住了民心的底
她说，她所做的一切
却只是家务

沈克泉、沈昌健：油菜花开时会想起你们

> **颁奖辞：** 父亲留恋那油菜花开的芬芳，儿子就把他葬在不远的山上。30年花开花谢，两代人春来秋往，一家人不分昼夜，守护最微弱的希望。一粒种子，蕴含着世代相传的梦想。

迈过金色的田垄，春天就在眼前
那片无边的金黄，像秋天扑闪的睫毛
装饰着一对父子的内心
偏爱这种颜色的父子俩
惦记着家乡的粮仓和土灶
一直梦想有一天，土地能破涕为笑
不要像现在哭丧着脸

金黄色很重，重得曾压弯他们的腰
重得曾让土地长期苦得皱眉
重得曾让他们怀疑
家乡的土地是否患了贫血症
村里的一角，冷冷的月就在枝头
不理解的眼神似枝丫充满棱角

坐标

唯有安静的土地虚位以待
等候梦想拔节，等候那一夜花开

经反复目测和记录，梦想配对成功
田野里的洞房花烛
金碧辉煌

坚持，本身就是人生的一种颜色
35年静候同一种花开
土地变得亲和，村庄变得熟悉
炊烟重新飘进画里
三月的阳春，油菜花开了
父子俩，在金黄的大书上签了大名

金黄色的眼皮底下
嘲笑和歧视，苦楚和艰辛都被擦掉
老父亲沈克泉懂花语
花开了，苦难就会凋零
儿子沈昌健也懂得花语
花开了，冬天算什么东西
在万物都纷纷敞开内心的春天

格桑德吉：门巴族孩子心中的精神母亲

雅鲁藏布江边，喜马拉雅山脚下
江水始终精力充沛，日夜放歌
雪山则是喜怒无常
静如处子，动如脱兔
门巴族在这山水之间，是图画
也不是图画
很多孩子那打着补丁的梦想
要么被埋在雪地
要么被江水吞噬

门巴族处在穷乡僻壤
泥石流说来就来，山体滑坡说到就到
路上，有个身影一闪现
江水会温柔起来，会让雪山停止表演
她挺着大肚子，背着糌粑

坐标

溜铁索时，像一首歌滑过门巴族的心窝
走悬崖时，像一朵雪莲开在山巅
蹚冰河时，像一位智者在寻医问药
此行的目的地，门巴族的帮辛乡小学

孩子们那里
知识已经断炊很久了
她像搬运工，往孩子们的梦想搬运粮食

格桑德吉是个好名字
最美乡村女教师是雪山盖了大印的
是江水汇聚民心并递上民愿的
格桑花开时，是一致点头同意的

她是门巴族孩子的精神母亲
知识的奶娘，把自己孩子应得的母爱挪用
透支到这奇山异水的第二故乡
她早就成为雪山和江水的干女儿
你没看见，这里的春天来得迟
但知识闹饥荒和断炊的事
从此再也没有发生过

胡佩兰：她是吉林最馨香的一株兰

颁奖辞： 技不在高，而在德；术不在巧，而在仁。医者，看的是病，救的是心，开的是药，给的是情。扈江离与辟芷兮，纫秋兰以为佩。你是仁医，是济世良药。

你是否见过北方的雪
纯洁得可以掩饰万物躁动的内心
吉林那场雪，很美
白得那么纯，白得那么净
一直悬停在她的头顶20年
不肯飘落

这雪，像是胡佩兰医生的那头银发
每根银发，都是一根银线
在患者心间穿行不息
缝补那些发炎的伤口和溃烂的心
银发上，世俗和偏见都站不住脚
只有仁心厚德在那站稳了脚
好多人一生都在心里收藏了这场雪
收藏永不凋零的馨香，以及

馨香中那优雅的兰

她退而不休，门诊是她思想的全部
退休了20年，依然坚持每周六天出门诊
"她图什么呀？何必那么累呀？"
时光闭口不缄，不想回答如此粗俗的问题
推开窗，窗外的医患田野上
那株吉林馨香的兰就长于斯
墨绿色的叶子接住了旷野上那些
风也接不住的眼泪
缕缕馨香弥漫开来，泥土下面被埋的
各种眼神逐渐看清自己
逐渐找到一棵不老松站立的意义
逐渐破译那株兰为何如此高贵的基因

逐渐地，找到了那场北方之雪
始终不肯落下的原因
只要你抬头，其实纯洁
已经重重
落到你心里

姚厚芝：把母爱绣成一幅浩瀚长卷

颁奖辞：病压垮了身体，但不能摧毁母爱。草根母亲呕心沥血，为孩子缝补梦想，而深厚的爱，更铺就孩子精神的未来。请上天给你多一些时间，让你把美好的愿望，织进这春天的图景。

墙上的挂钟旁若无人地走着
小屋里，时光的影子刚好照进
不大的桌子，一幅画和母爱成为闺蜜
被梦想主人一点点收编

她只不过是一个农村妇女
只不过是两个孩子的母亲
只不过，她把头探进生死册瞅了一眼
发现屋子里储存的光阴已捉襟见肘
她手持绣花针，刺破光阴的痛穴
希望能够向光阴借贷或透支，哪怕是高利贷
那幅《清明上河图》的河中
流淌着她预留给子女的特殊遗产

坐标

图画里，繁华的商铺与她无关
她觉得她像里边的一个货郎
挑着光阴在晃悠，那晃悠里
仿佛也有和她同样的家事
她把针刺在货郎身上
货郎眨了一下眼，没喊疼
她又把针刺在街上
街上过来一辆马车
她很想把自己的梦想一同搭上，远行

她把针刺在弯弯的拱桥上
桥上人来人往，她不认识他们
但她很熟悉他们的表情
也许三年也许更长的时间
她都会陪他们一起走过
只不过，他们去赴圩
而她，是赴一场生命的大考
农村妇女姚厚芝没拿笔
直接在病床上用一枚绣花针
考了满分

方俊明：迟到的春天里幸好有你

颁奖辞：纵身一跃，却被命运撞得头破血流。在轮椅上度过青春，但你却固执地相信善良，丝毫不悔。荣誉可以迟到，英雄终有归处。今天你不能起身，但我们知道，你早已站立在所有人面前。

武昌那条江水不通人性已有28年
28年前
恶作剧男孩亲手导演了一场悲剧
江水虽不情愿，但还是成为帮凶
好心青年方俊明不明真相
纵身一跃，人生开始头破血流
心被摔得七零八落
随江水浮沉了28年

方俊明的多事，让他少了半截身体
月光一直缺角，幸好思想完整的他
用从容和淡然逐一化解冷嘲热讽
化解了伤口上一直不退的炎症
更要命的是，他的倒下

让一个家都病倒了
像一艘船遭遇台风
轰然散架
救生板上
方俊明看着江水淹没他的心房
生存的氧气很快消耗殆尽

那个恶作剧的男孩擦个屁股就溜了
良心在海中藏匿了28年
其间，他还自我陶醉于童年处女作
没想到，无知和罪过在那一瞬间
结上了亲家，一根藤纠缠在内心
铅华褪尽，当年的小男孩已成人
想起了老人与海的故事，想起了经络不通的煎熬
终于打开28年未曾通航的心河
乞求失落的春天允许他赎罪

方俊明被扶着坐在那里
伤口结着痂，思想依然完整
迟到的春天直奔主题
为他递上浓缩的颁奖辞
江水在侧耳倾听，泪光闪闪
无悔的英雄被城市抬了起来

龚全珍：老阿姨啊，你的心一点都不老

颁奖辞：少年时寻见光，青年时遇见爱，暮年到来的时候，你的心依然辽阔。一生追随革命、爱情和信仰，辗转于战场、田野、课堂。人民的敬意，是你一生最美的勋章。

从硝烟中走来，抖下那身灰尘
底色是红的
从城市回到乡村，栽下红色的花朵
革命夫妻把爱情的朴素
一直穿在身上，彼此暖和了一生
将军夫人龚全珍
你是一位老阿姨，可你的心一点都不老
红色让你始终那么年轻
难怪你那么爱它

将军当农民，妻子全心相随
这不是传说，是佳话

老阿姨捡起老伴的红色火种
把它储存在一盏灯里

火苗是鲜红的，跃动的
将军那双深情的眼睛就在那
老阿姨俯下身子，开始成为主角
火种放在讲台，无数张小脸被映得通红
火苗后面，信念和红色被一点点张开
火种被点燃到田野，田野随之醒来
枯草被彻底消灭
被种子征服于泥土之下
田野上的秋天
颜色和一面旗帜相同
镰刀和锤头组合成打击乐队
一首诗的河流瞬间开闸
青蛙和蚯蚓爬上春天的肩膀
思想得到深耕细作
老阿姨走过来了，打开一个盒子
炉火旁，季节被烧得噼啪作响
庄稼像三军整装待发
老将军三枚亮闪的勋章挂在旗帜上
永远跟党走
炉火旁，谜底最终揭开

今天，火种又被老阿姨带到社区
火苗上，聚拢着收集的民心和民意
老阿姨改正它们偏小的尺寸
为它们穿上红色的衣裳
民心暖了，民意也暖了
一些阴暗的角落有了折射的阳光
这些年，红色繁衍得很快

现在，到处都有红孩子的身影
再现了丰碑上的那句话
星星之火，可以燎原

老阿姨啊　你一点都不老
90岁了还开着红硕的花朵
好多人向你请教青春的话题
你从怀里掏出火种
掌心里，跃动的火苗上
衰老就是在那被消灭的

2014年
诗章

于敏：你的名字在旗帜上轻舞飞扬

颁奖辞：离乱中寻觅一张安静的书桌，未曾向洋已经砺就了锋锷。受命之日，寝不安席，当年吴钩，申城淬火，十月出塞，大器初成。一句嘱托，许下了一生；一声巨响，惊诧了世界；一个名字，荡涤了人心。

你被藏在光阴的缝隙里
已有好久
仿佛一个隐身的行者
无人知道你此行的目的
甚至你的家人和朋友
当然，谁也无法打开你身上那把锁
包括你自己

这把锁的秘密很重
重得可以锁住你几十年光阴的重量。
重得可以成为国家的门锁
你和春天的爽约已有很久
那个圆形的密码，被拉上窗帘
躲在密不透风的空气里

体重就是秘密的分量

这把锁的秘密其实也很轻
一首歌穿过冬天的夹层
来到阳光下，旗帜上很多和你
一样的隐身人都显示在旗帜的一端
他们的名字都很鲜活，很动感
鲜活得和一朵花一样腾空而起
动感得和旗帜一同轻舞飞扬
此时，长江调皮地在水中打了个滚
黄河站在高原上向天长啸
你的名字被人从光阴里
取了出来，轻轻地
如同你浅浅的笑

锁打开了，你精心培养的"胖娃"
都上九天揽月了
你这个父亲很成功很骄傲
氢弹之父的名称
你轻轻地就得到了

朱敏才、孙丽娜：大山深处的最美夕阳红

颁奖辞： 你们走过半个地球，最后在小山村驻足。你们要开一扇窗，让孩子发现新的世界。发愤忘食，乐以忘忧。夕阳最美，晚照情浓。信念比生命还重要的一代，请接受我们的敬礼!

我跃上山梁，一座很高的山梁
那是贵州沉默寡言的山
思想的植被附在山体上
飞鸟的灵感来自一个早晨
来自尼泊尔遥远的风

遥远的风停在山梁上
所有的溪流都从风的手上滑过
干渴的土壤开始说声感谢
马尾松展开长袖，一曲风中的舞
是接风洗尘的最后礼仪

遥远的风捎来海洋之心
两位老人蹒跚走来
大使馆老参赞开始在此开垦新地

开始用英语和汉语调配

山水不善言辞的气氛

一群孩子围上来索要知识和欢乐

老人的行李中有孩子们想要的东西

和城里的甜品和雪糕一样受欢迎

他们是来大山支教的

是来索要一杯苦味的咖啡

他们放下安逸，走进山旮旯

拿起一根教鞭

开始他们新的人生外交

不大的舞台上，他们和一群孩子

在共同的语言里有了一致的发现

他们的身影

出现在黔西南出现在马岭镇

风过之处，春天均尾随而止

田野以芬芳的姿态相迎

他们的声音

还出现在贵阳孟关乡的龙坪镇

种子推门的动作掷地有声

山梁上，两棵不老松紧挨着

爱情鸟纷纷停在枝头

夕阳为整座大山披上外套

从此，那片持久的红

都分给了这满山的花

朱敏才、孙丽娜在丛中笑

头顶——

砸下一场春天的豪雨

赵久富：背井离乡是为了清水徐来

颁奖辞： 清水即将漫过家园，最后一次，把红旗在墙上摩平。你带领乡亲们启程，车轮移动的瞬间，心间隐痛。不敢回望，怕牵动一路哭声。50年间，两度背井离乡，我们的老支书，一生放不下的，不只是白发高堂。

汽车启动了，长长的目光开始向后移
一条线的湿润，让泪水把尘土放回原处
村庄的一切开始被逐一打包
开始荡漾在那无垠的碧波上
村庄成为一面晶莹的镜子
白云不敢相信自己的眼睛而悬浮不走
每一棵树的内心无比丰富，欲说还休
老祖宗的宅子完成最后一次梳妆
儿时的记忆再一次被浆洗干净
一只猫跳上灶台
熟悉的味道将被复制到千里之外

一条人心的河流，开始跟随一个流向
汇入春天的血管和季节的隧道

坐标

涟漪在此时
只是短暂的休止符

湖北十堰市余嘴村的集体梦乡
被一个叫赵久富的人揽在怀里
他在收拾乡音的故事
61 户村民开始成为候鸟家族
土地是他们前世的情人
此时说告别，只能是藕断丝连
赵久富把每一根丝连起来
织成一个远方的家
土地的笑脸和灵魂最终也被带走
情怀开始伴着阳光滋生
清水徐来的故园，一直没有走远

赵久富是领头雁，是长江边的拓荒牛
人心的长征队伍，被他梳理得井井有条
陌生的土地纷纷种下梦中的家乡
安营扎寨之后，他听到南水北调的声音
他为村民找到了涓流入海的方向

新的村庄早已不是异乡
碧波是一面镜子，反射着阳光的温度
和一扇通往明天的坦途
坦途上，肩挑手提的人们
目光如清水流过心田
赵久富用一片新的稻田
在大爱的作用下和候鸟家族
集体种出一把把沉甸甸的秋天

张纪清：隐身半生只为涓流汇入海

颁奖辞：一个善良的背影，汇入茫茫人海。你用中国人熟悉的两个字，掩盖半生的秘密。你是红尘中的隐者，平凡的老人，朴素的心愿，清贫的生活，高贵的心灵。炎黄不是一个名字，是一脉香火，你为我们点燃。

拨开城市的黎明
第一缕温暖的痕迹随处可见
人来人往的背影里，城市因摩擦而温暖
在清晰和模糊中互相交替
署名炎黄的江阴名片流传了27年
熟悉的涓流，城市的人们
都在找它汇入大海的源头
无声中，似有声

炎黄，是名字，也可以是符号
敬老院、灾区、学校、弱势群体
都曾看到这个名字在穿梭或盘旋
是因为太高或太远
人们无法看清名字的样貌

坐标

只看见同一张表情，在阳光下滚烫
烫得让人只能眯着眼，看一股涓流
从容从我们身旁流过

如果不是一次爱心的邂逅
如果不是一次偶然的晕倒
这个名字至今还在和我们捉迷藏
调皮地神龙见首不见尾
仿若一颗星星的眼睛
它眨了一下眼，但你不知道它说了什么
一回头，发现
前方的路已经明亮了

炎黄是江阴人最神秘的风景
日出日落时花开花落间
城市的皮肤被浸润得通体透明
寻寻觅觅中，炎黄成了江阴的特产
或晾晒在阳台，或悬挂在社区
友善和谐爱心宽容互助的手
晃动在车水马龙之间

炎黄的名字其实很轻
就像涓流的身段，嶙峋的外表
内心很温柔
人们含着泪看着他的眼睛
清澈的溪流里
汩汩流出27年爱心接力的内幕
张纪清和炎黄匹配成功
那一天，是江阴最美的发现

陶艳波：同桌妈妈为世界朗读无声的爱

颁奖辞：他的四周寂静下来，你的心完全沉没。除了母爱你一无所有，但也要横下心和命运争夺。十六年陪读，你是他的同桌，你做他的耳朵，让他听见这世界的轻盈，也听见无声的爱。

曾经坐在我们身旁的人
身影大多如春天的花期
记忆随之绽放或枯萎，空茶杯里
没有散尽的芳香，还留在故事的唇边
那间普通的教室，特别的同桌妈妈
陶艳波，身份是母亲，举止是学生
稳稳坐在了每个人心间

1岁的儿子失去世界的声音
无法表达响亮的感谢
欢乐的花园即将关闭
陶艳波此时闯进来，将全部母爱做抵押
以求赎回孩子丢失的童年
她辞去工作，和孩子一同走进教室

成了孩子特别的同桌，成为共同的朗读者
教室成了母爱的磁场和温床
课堂上，学生学到的
除了知识，还有成长的力量
黄金搭档就此形成
从第一个字母到第一个笔顺
母亲两字滑入孩子心底
母爱两字被孩子写得有板有眼
这一对母子
是道德课堂上最美的风景

教室里，知识在两颗心之间汇合
唇语收集着每一缕黎明的温度
课堂是特殊的试验田
16年的试验
只为了一棵作物的正常开花和结果
这是人间罕见的知识嫁接
长达16年

静默和等待之间
很多人早就离开了座位
只有这对母子
忘记了窗外季节，忽略了旁人心事
那一年的夏天
失聪失语的儿子登上象牙塔
陶艳波痛快地洗了把脸
露出了母亲的容颜
她是披着母爱的同学
是我们最羡慕的同桌

木拉提·西日甫江:
大漠猎鹰腋下的和平太空

颁奖辞：钢的意志，铁的臂膀，每天都在与死亡的狂沙较量。危险无处不在，他用胸膛做盾牌；为了同胞的安宁，他选择了翱翔。高飞的猎鹰，他绝不孤独，因为身后是人民！

在大漠，不要低估猎鹰的本领

风是第三只眼，永远在它身后

你不会知道鹰的心事和它的目标

大漠扬起的风沙

是猎鹰的标志性动作

习惯了风里来雨里去

习惯了腋下的蓝天

习惯了用一支箭的速度去瞄准远方

习惯了用一把阿提拉的弯刀开辟天路

木拉提拥有猎鹰的全部武装

包括猎鹰的翅膀猎鹰的骨骼

以及猎鹰的虎胆

旷野下，月色匍匐在大地的脸上

轻而易举征服万物的内心

猥琐和邪恶的内脏腐烂变质

如同被漂白的岁月

魔鬼的灵魂堆成荒野中的小沙丘

猎鹰的利爪刨得它们无处可藏

连胡杨树对此也不屑一顾

任凭风沙将它们的罪恶吹散

木拉提和猎鹰心灵相通

暴恐分子的企图被鹰眼识破

罪恶在黎明时分被成功瓦解

大漠上的搏杀似一场沙尘暴

鹰击长空，扯下一场场黑雨

大漠一个巴掌，将这些家伙

统统埋葬

木拉提的柔情是那把弯刀的投影

每一次出生入死，都夹带着最后的家书

给父母给妻子给朋友

他像在闲庭信步

惊悚的表演早已忽略了刺激的细节

当完整的鹰每一次凯旋时

羽毛上的血迹，鹰爪上的血痕

翅膀上的风沙，鹰眼里的目光

这是战鹰的速写

让我们轻吻每一只鹰的归来

归来，就是黎明

归来，就是胜利

肖卿福：大山的晨光如此温暖

颁奖辞：偏见如同夜幕，和大山一起把村庄围困。他来的时候，心里装着使命，衣襟上沾满晨光。像一名战士，在自己的阵地上顽强抵抗；像一位天使，用温暖驱赶绝望。医者之大，不仅治人，更在医心，他让阳光重新照进村庄。

畸形的目光包围了村庄
村庄的氧气渐渐泄漏
营养不良的村道被杂草占领
一首首风中的歌五音不全

这是毫无血色的麻风村
痛苦的村庄就像孤寡老人
剥落的墙沧桑的瓦都不算什么
整个村子都在喊疼
无人照着的内心
幸运的是，在寒冬的清晨
肖卿福这个驱魔人来了

肖卿福不信邪也不惧邪

药箱里除了药品，还有良心
杂草虽高，但不及他良心的高度
他如大侠独步战场
医者良心是所向披靡的利剑
世俗的目光纷纷躲避
亲情和理解最终成为他的战友

这里的300位麻风病人
发现伤口开始愈合，炎症消退
变形的肢体开始得到逐步康复
这群人无助的目光
占据了肖卿福的心40年
他引领他们走出黑夜
用了一生时间

他不嫌弃不害怕这些特殊亲人
炉火烧得很旺，有爱的屋里
温度很适宜
打针、喂药、擦身、端屎端尿
他是整个村庄的兼职保姆
赞美的歌声，比比皆是

麻风村活过来了
鲤鱼集体跳过了龙门
肖卿福，是他们的福报

朱晓晖：孝女的故事沉重的诗行

颁奖辞：13 年相守，有多少日子，就有多少道沟坎。命运百般挤对，她总咬紧牙关。寒风带着雪花，围攻最北方的一角。这小小的车库，是冬天里最温暖的宫殿。她病中的老父亲，是那幸福的王。

她本来是个诗人
可以用诗来调味生活
可以用诗行架设一座过江的桥
可以用诗歌
煮一碗人生的好茶
痛快地饮下

然而，患了伤寒的家吹跑了她的诗意
连同她怀中的一只宠物和彩笔
都被一场冬寒掠走
面对坠落的诗行和灵感
她选择了与可怜的父亲相依为命
用仅存的诗意，乞讨失血的生活

诗歌被她锁进心扉，思想闭门不出
病瘫的父亲和她早衰的白发
占据了她贫寒的内心
微弱的灯火和没有油花的晚餐
逼着她强行下咽
只有诗句中的平仄还是她的闺蜜

她知道，诗人在找出最美的诗句时
一样是痛苦煎熬着内心
她选择用大孝作为一首长诗的主题
还没下笔
读诗的人已经泪雨纷飞

菜市场的菜叶是她捡回的灵感
咸菜和白米饭以及地下车库
是诗情泛滥的物证
病榻上的老父亲，让她的诗歌刻骨铭心

就像当年精心修饰自己的内心
如今侍奉父亲让她的灵感重出江湖
她选择固执前行
如一首长诗早已立下的命题
所有的苦楚都被孝女的诗意一一化解
一坛美酒溢出，芳香的河流开始涨潮
一首杀出重围的好诗
自然能在阳光下郑重发表

师昌绪：你就是最好的强国材料

颁奖辞： 八载隔洋同对月，一心挫霸誓归国。归来是你的梦，盈满对祖国的情。有胆识，敢担当，空心涡轮叶片，是你送给祖国的翅膀。两院元勋，三世书香。一介书生，国之栋梁。

当年，你和几位留学生噙着泪
在麻省理工学院的窗台下
闻着飞过大洋彼岸的硝烟
写了一封信给周总理
回国
一饮而下后，杯子掷地有声
思想的洞口，一把利剑伸了出来
寒光闪闪，好剑的材料
爱国之心和爱国情怀
被炉膛里的火光映得通红
好剑，逐渐成形

回国后的你，孝字当头
你找到母亲体内最虚弱的部分

摸索出一套强筋健骨的疗法

身披两院院士的盔甲

横刀立马，大将风度

掏开金属的内心

金属的脾气在你面前变得百依百顺

你从它们身上找出新的亮点

让它们优生优育地诞下新合金

你用名著中保尔·柯察金的眼光

去观察一块好钢的变化

用一本泛黄的书炼铁炼钢

你提炼的凝固理论

塑出精忠报国的模型

由此，国家的气色始终保持红润

你就是一块最好的强国材料

说硬度，你能啃开金属的门锁

让它们乖乖做了你几十年俘房

说软度，你有百转柔情

你写给祖国的一封封情书

让人无法忘记初恋的温度

你就是一块国家欣赏的好材料

是一位有出息的孩子

你爱着你的事业

一块好钢的硬度

祖国可以证明

陇海大院：老院落里的真情四季

颁奖辞：一场爱的马拉松，长跑39年，没有终点。一座爱的大院，满是善良的人，温暖的手，真诚的心。春去春回的接力，不离不弃的深情。鸽子飞走了还会回来，人们聚在一起，就不再离开。

生活的裁缝师，妙手把一张画
裁成郑州的二七社区
那是一个有故事的老院落

老院落里一开始有春夏秋冬
后来就没有冬天了

老院落一开始很冷
人们缺少表情
后来，冷空气被暖流驱散

老院落之间是一个老社区
邻居很像家人，像并排的路树
叶子挨着叶子，绿色叠着绿色

老院落里的高叔是个主角
整个社区的人围着他转

他在生活中几乎失去所有
健康、家庭、财富都离开了他
但在老院落他又捡回了所有

邻居家的事情都成了他的家务
帮着洗衣做饭清扫和接送孩子
每年，还要做一顿顿热气腾腾的年夜饭

他在轮椅上坐着，邻居都站着
掌声也是站立的

那辆老式电动车穿梭在小区
亲情是动力
陇海大院就是加油站

老院落里每天都发酵很多小事
邻居们把这些小事编成感人的叙事诗
在社区外被一阕阕传颂

老院落的39年
城市所有的光源都在这储存着
取之不尽

老院落年龄一点都不老

它是很多人来远方的家
一墙之隔外，笑声具有穿透力

老院落里的很多细节和风景
已被装订成口袋书
陇海大院是人心堆起的标志性建筑
是郑州向外界派发最多的名片

2015 年
诗章

吴锦泉：磨刀老人磨亮的何止是城市

颁奖辞：窄条凳，自行车，弓腰驼背，沐雨栉风。身边的人们追逐很多，可你的目标只有一个。刀剪越磨越亮，照见皱纹，照见你的梦。吆喝渐行渐远，一摞一摞硬币，带着汗水，沉甸甸称量出高尚。

江苏南通有个公益商标家喻户晓
它是夏日的凉风，冬日的暖阳
是一杯耐人寻味的禅茶
商标的主角我们都似曾相识
只不过，和他擦肩而过时
我们站着看他，转身时
我们都在仰视他

瓦房内，闪光的思想就藏于此
吴锦泉老人和他的老伴，虽步履蹒跚
然而思想从未生过锈
锃亮锃亮的，映照着屋里屋外
土墙上，一束阳光像一把磨好的刀
直直地射了进来，明晃晃的

城市的阴影逐渐隐退

一枚，两枚，几枚硬币
一角，两角，一元旧钞票
堆在一起，成为下一个被打磨的对象
它们被当作刀一样打磨
打磨好后被送到灾区、红十字会
被送到炉火旁打盹的人们身边
耄耋之年的身影，怎么看起来
还像一把刀那样锋芒

清贫的生活富有的内心
老人挨家挨户传递一元钱的力量
微且小的举动，曾经在我们身旁滑落
只是偶然间，硬币掉在地上
那声清脆，让我们停止哈欠

当剪刀的食指裁出春天的细柳
我们才发现
自己内心的一些角落也布满锈迹
迫切需要一场来回拉动的打磨
迫切需要炉火旁拉动风箱的声音
声音里，明亮的音符跳动在城乡
此时，我们选择的最好方式
就是自我打磨

张宝艳、秦艳友：宝贝回家是一生的心愿

颁奖辞：寻寻觅觅，凄凄惨惨戚戚。宝贝回家，路有多长？茫茫暗夜，你们用父母之爱，把灯火点亮。3000个日夜奔忙，1000个家庭团聚。你们连缀起星星点点的爱，织起一张网。网住希望，网住善良。

打开这个网站，泪水就开始刷屏
泪和血交织的语言横在空中
加粗的字体，悬挂着泰山一样的心事
心事被黑风捉进洞中
关了几十年的禁闭
试图逃脱的内心
一刻都没有停止挣扎
年少的面孔，很多已经尘封
锁不住的家，模糊又清晰
天涯又咫尺

宝贝回家，宝贝想回家
如一处远处的灯火
回家的路似乎已经荒芜

坐标

当年魔爪将一朵花连根拔走
根，连着泥土，风，在抽泣
襁褓的味道连着鼓铃摇晃的声音
老宅旁的荷塘
一只蜻蜓和孤独的夏天在门口守望

宝贝回家，如大海捞针
浩瀚的人海，宝贝转身就滑入旋涡
幸好一张网在奋力打捞
当季节的斑痕渐渐消失印记
当乡音被涂改成异乡口音
当儿时的味道被世事的盐混杂
当那条乡路被分割成记忆的碎片
唯有一条血管的河流
还在不停地涌动，不停地在奔腾

宝贝回家，宝贝请回家
这是一对夫妇编织的公共摇篮
摇篮里，放了滚烫的爱心
甜心的话和家的味道
以及很多没有心事的空瓶子
当海上漂来同样型号的瓶盖
瓶子会用最美的接吻表达重逢
1300多个这样的重逢
早已让我们喜极而泣
如果宝贝都能回家
如果失散都能像风筝回到大地
回到最初拥抱过的怀里

如果家的伤痕都能愈合

我很想抱抱他们

张宝艳，秦艳友

此时，他们也是我们心中的宝贝

郎平：一记重扣——女排精神高高跃起

颁奖辞：临危不乱，一锤定音，那是荡气回肠的一战！拦击困难、挫折和病痛，把拼搏精神如钉子般砸进人生。一回回倒地，一次次跃起，一记记扣杀，点燃几代青春，唤醒大国梦想。因排球而生，为荣誉而战。一把铁榔头，一个大传奇！

4号位

开火了

3.17米高的重炮砸向对方，神话由此诞生

那些年，我们记住了那挥舞的榔头

铁一样的材质，钢一样的意志

排山倒海的浪潮

追逐着她的名字——郎平

一面旗帜猎猎飘扬的样子

王者一样的她，是铁铸的符号

三连冠的奖杯上，刻着时代的集体照片

照片上，一米八四的她

玉树临风

梅花点缀着球衣上的号码
馨香走进姑娘们的心房
每一次跃起
世界的飞吻应接不暇

王者也曾彷徨于森林
那一场场热带雨林气候
让放牧的心晴转多云
狂风暴雨让一堵墙的皮肤不断脱落
森林的雨季似乎不想停歇
归隐山林还是重出江湖
是每一位斗兽的抉择

王者终于归来
那一天艳阳高照
当年的战神如今手持帅印
森林王国的春天已经茂盛
万物的内心已渐次苏醒
铁拳挥舞下的铿锵玫瑰
不俗的芬芳跃过偏见的墙
再次跃过世界屋脊
再次跃过梅花怒放的季节
新的集体照，梅园芬芳

难忘的她，难忘的4号位
难忘那一记重扣
女排精神高高跃起

屠呦呦：最美的名字捧起最大的奖杯

颁奖辞： 青蒿一握，水二升，浸渍了千多年，直到你出现。为了一个使命，执着于千百次实验。萃取出古老文化的精华，深深植入当代世界，帮人类渡过一劫。呦呦鹿鸣，食野之蒿。今有嘉宾，德音孔昭。

呦呦，三千年前就曾鹿鸣于《诗经》
食野之蒿在小雅的韵律中穿越时空
朝雨和绿竹如一场沐浴
英英白云，露彼菅茅
一株青蒿玉立在水一方

呦呦，诗经般的女子
年轻时就迷恋上了中医大家族
心中，无数种成分曾扰乱人间秩序
扰乱窗外四季更替的风景
你离开北大的校园，走进实验室
开始长达数十年的艰辛跋涉
你在和疟疾做一场旷日持久的较量
每一次提取，每一次试验

都在证明你忘记了外面的风景

你静好的内心，凝神聚气
车水马龙的闹市中你从容走过，路边
鲜花美食，还有专卖店里的奢侈品
都曾向你暗送秋波
然而你始终觉得
你瓶子里的小白鼠
比它们可爱得多

几十年，你都一身素衣
在堆满各种试管的狭小空间里出出入入
你要完成一项突破
证明青蒿素是疟疾的克星
仅仅这个突破，全球数百万的生命被拯救
耄耋之年的你，步履有些蹒跚
一生淡泊名利的你
在恪守的平仄中写出了大作
在你的眼睛背后，在一根根透明的试管中
我看见申伯之德，柔惠且直的你
端坐于没有灯光的舞台后面
一瞬间，大幕拉开
诗经里的溢美之词都跑了出来
吹到一株株青蒿的体内
世界，响起一片热烈的掌声

2015年10月5日，是你登台的时间
虽然此时你的名字已经长满皱纹

坐标

你用一生寂寞的时光发现的青蒿素
让数百万的名字起死回生
你举起沉重诺贝尔生理学或医学奖奖杯
人们像你当年在寻找青蒿素那样
也在试图找出与你名字相匹配的内涵

阎肃：为你唱首《红梅赞》

颁奖辞：铁马秋风、战地黄花，楼船夜雪，边关冷月，这是一个战士的风花雪月。唱红岩，唱蓝天，你一生都在唱，你的心一直和人民相连。是一滴水，你要把自己溶入大海；是一树梅，你要让自己开在悬崖。一个兵，一条路，一颗心，一面旗。

你是一个兵，一生爱着歌声里的风花雪月
铁马秋风
战地黄花
楼船夜雪
边关冷月

风中，铁骑从远处奔袭而来
黄河长江的表情变得非常严肃
是红色娘子军，还是红岩上那盏红灯
照进铁流的骨骼
你刚毅的脸，像一面秋风的镜子
从平原到山川，从旷古到大漠
你在马上的英姿

坐标

我听到了敢问路在何方的铿锵

花间，红灯照的歌剧响彻东方
是红色娘子军的斑斓
还是敌后武工队的怒放
红岩上，飘雪的日子
江姐的牢房，一枝红梅伸了出来
铁骨铮铮，凌寒傲雪
零落成泥碾作尘，只有香如故

雪里，纷纷扬扬的音符落入你的银发
和你那支没有休息的笔
银发排成整齐的五线谱
你的笔从楼船夜雪的远方取来灵感
你的笔和旗帜上的镰刀一样锋利
每一次收割，你是笑得最开心的农夫

月上，那无垠的边关映着长城长
你的思想一生都在为国站岗
从云霄天兵的高原
从我们万众一心的洪流前线
人们用你泡出的前门情思大碗茶
品味你高洁红硕的一生

徐立平：火药堆上的微雕大师

> **颁奖辞**：每一次落刀，都能听到自己的心跳。你在火药上微雕，不能有毫发之差。这是千钧所系的一发，战略导弹，载人航天，每一件大国利器，都离不开你。就像手中的刀，28年锻造。你是一介工匠，你是大国工匠。

你坐在火药堆上，挺吓人的
但更吓人的是，你还拿出一把刀
在0.2毫米的空间里
完成惊世骇俗的刀尖舞蹈

有人说你是在玩命
没错，你就是在玩命
你全身的航天细胞都是竖立的
就像身后那把直插云天的刀
手中的刀，是你的看家本领
死神对你的面孔已非常熟悉
它们惹不起你
是因为你的刀堪称鬼斧神工
火药雕刻师

坐标

你步步惊心的每一步
都堪称魔幻之作

有人说你是大国工匠
没错，你就是大国工匠
你那把刀和你的心
组成最绝配的黄金搭档
试问，谁敢28年坐在火药堆上
泰然自若
试问，谁敢28年提着自己的脑袋
和死神完成没有利益的交易
答案是，全国仅有不超过20人
会跳这刀尖上的舞蹈
徐立平是最出色的一个

火药堆上的微雕大师
如同选择做一朵绝壁上的灵芝
绝壁上的风景，属于勇于攀登的人
春秋几度，朴素的表情
像一束阳光穿透我们的内心

每一次刀下，每一次火焰升腾
0.2毫米的神来之笔
我敢保证，马良远远逊色于你

莫振高：1.8万根烛光照亮"化缘校长"

颁奖辞：千万里，他们从天南地北回来为你送行。你走了，你没有离开。教书、家访、化缘，埋头苦干，拼命硬干。你是不灭的蜡烛，是不倒的脊梁。那一夜，孩子们熄灭了校园所有的灯，而你在天上熠熠闪亮。

桂花飘香时，你已离开校园
这一别，1.8万根蜡烛都流泪了
教室里，每一扇小窗
都曾和你促膝谈心
如今，窗户轻轻合上
就像一本您放在讲台上的书

桂花的香味还在
都安中学里
你是知识的搬运工
你是人格的雕塑师
简陋的教室孕育崇高的思想
你的半棵草早就种成一片绿茵
一颗心也在这里茁壮成一棵树

"化缘校长"，是民众给你的昵称
风火轮被装在你的双腿上
你穿梭在乡间小道
路过的蜻蜓都认识你
南飞的燕子都曾和你打招呼
老乡家的看门狗就更不用说了
冬天的炉火和一桌热饭
把亲情炖成老火汤

35年的光阴可以搭一座很长的桥
1.8万根蜡烛可以围成温暖的城堡
300名你曾资助的孩子
用整个希望的春天回报了你
一栋栋新的教学楼和你的人格
一同矗立在秋天

孩子们很想用内心的话表达感谢
可是你已化作满园的桂花香
可无处寻你，卷珠帘里
你的目光游走在校园
似乎还在听着每一节课
27年来从这里走出的清大北大学子
为你写了很多感谢的话
和我们的思念一同滑入深秋

官东：你就这样轻轻潜入我们内心

颁奖辞：来不及思量，就一跃而入，冰冷、漆黑、缺氧，那是长江之下最牵动人心的地方。别紧张，有我在，轻声的安抚，稳住倾覆的船舱，摘下生命软管，那肩膀上剩下的只有担当。人们夸你帅，不仅仅指的是面庞。

我们在水下认识你
虽然戴着潜水装具，虽然漆黑一片
虽然处于缺氧状态
你却用两次生命的托举
完成世界对你的第一印象

"东方之星"倾覆的那一天
你的心就开始下沉
长江两岸，雨下得很大
那股作案的妖风早就逃离现场
江水呼喊着亲人的名字
你收集着泪水中的名字
希望能触摸到他们的体温
带他们回家吃晚饭

你在冰冷的水中
看倒立的世界
舷窗楼梯床铺和酒瓶都是倒立的
没有名字的行李箱都浮了起来
它们挤在一起，都很想回家
你在黑暗中，牵到了两个人的手
一位是一个家的母亲
一位是一个家的儿子
他们的体温正在像流星滑过
你摘下潜水装具，安抚他们
仿佛为迷途的羔羊戴上铃铛
在冰冷黑暗的角落，和他们换位
他们重返人间时，死神开始拽住你
作为人质的交换
那一刻，你就这样轻轻潜入我们内心

总理都夸你是好样的
你是中国最帅的小子
因为你就这样
轻轻潜入我们所有人的内心

买买提江·吾买尔:
冬不拉为你弹起动人的歌谣

颁奖辞: 一碗茶水端的平,两个肩膀闲不住。30 多年的老支书,村民离不开的顶梁柱。你是伊犁河上筑起的拦河坝,是戈壁滩上引来的天山水,给村民温暖,带大家致富。木卡姆唱了再唱,冬不拉弹了再弹,买买提江·吾买尔的故事说不完。

天山之水流进布里开村
一首蜿蜒的木卡姆音乐
走家串户,漫过田野,漫过村庄
琴弦上,光阴的故事飘在篝火堆上
远处的灯火
如星星的眼睛,刚刚睡醒

布里开村的老支书
每家都有他的饭碗和热炕头
曾经脾胃虚寒的村庄,面色苍白
老支书走进村中央的院子
双手端平了一碗水

坚持了36年，赢得了民心

他收集散落的民心
用一根红绳穿在一起
成为不松懈的链条
野兽再也无法闯入
他甩开双臂
和村庄6000个锄头一同挥舞在田垄
肥沃的诗歌被一行行开垦出来
一条路打通村庄的思想
好日子被篝火映得通红

花甲之年的老支书
额头像田垄一样满是曲线
粗糙的手犁出季节的诗行
换来作物在秋天的一致表情
微驼的双肩
镰刀和锤头还稳稳地扛着
一副收割的身影后面
舞动的秋天向你点头致意
木卡姆再次为你响起
冬不拉邀来做客的星星
布里开村从黑夜狂欢到了
天亮

王宽：翩翩君子兼善天下

颁奖辞：重返舞台，放不下人间悲欢，再当爷娘，学的是前代圣贤，为救孤，你古稀高龄去卖唱；为救孤，你含辛茹苦16年。16年，哪一年不是360天，台上，你苍凉开腔；台下，你给人间做了榜样。

你本是个出色的演员
功成名就再次挑战另一角色
观众很担心你演砸
你却连续演了16年
当了六个孤儿的父亲
君子
你是真正的君子

舞台上，你在不同的角色里穿行
美丑，假恶都是你的台词
你演的假戏，只为酝酿一场人生真戏

6个孤儿遇见你，是流星划过的时候
可怜与幸运被一同种在苹果树下

种在你熟悉的豫园里
你成为他们的父亲和精神保姆
是大爱结出的硕果
君子仁义，在豫园里长势喜人
假戏的外衣脱落，人间真情赢得全场喝彩

你本可安享晚年，然而，你在此时
喜欢上了廉颇将军
茶楼上，别人在喝着解渴的茶
你却在茶味中，想到了禅
想到了孟子行走了千年的那句话

穷则独善其身，达则兼善天下
然而，你穷，照样兼善天下
君子
你是真正的君子

你登台前，喝下一碗茶
放下碗，拿起善
你在卖唱，又不是在卖唱
你在演戏，又不是在演戏
你的故事溢满茶香，成为老生常谈
人们把茶端起的时候
学着你，把善也端了起来

2016 年
诗章

孙家栋：国之栋梁与一顿红烧肉有关

颁奖辞： 少年勤学，青年担纲，你是国家的栋梁。导弹、卫星、嫦娥、北斗，满天星斗璀璨，写下你的传奇。年过古稀未伏枥，犹向苍穹寄深情。

一纸调令，他撞开了事业的门
星光大道上，险象环生
试验场，那一根根擎天柱布满了他的名字
倒计时与点火
与他相伴了一生
纠结了一生

当年左撇子被退学的经历
像漫画作品充满娱乐精神
左右开弓的人生开始恋上太空
1950年的元宵节，好喜庆
哈工大预科班安排学生晚餐吃红烧肉
你遇上了这难得的晚餐
也得到了打开一生事业大门的钥匙
空军把你招入部队

一身绿色，从此和祖国一起跃动
你回忆说，有时嘴馋
并不是坏事

步步惊心的空间里，生活被严格定制
毫厘之间和分秒之间
浪漫也在数字化
108天，速成的爱情之花
一同绽放太空

东方红的时候
霞光早就照进北京城
锁定的北京时间
你的一生都在国家不同的赛场奔跑
导弹、卫星、北斗、探月
白昼和黑夜一直是一个概念
必须保持神秘的你
几十年来，蒙面像一位侠客
是国家雪藏的秘密武器
之所以让你深潜于海
之所以让你记住那顿红烧肉
之所以让你的爱情删除风花雪月
因为，你的重量里不能有杂质

他的一生这样描述
用世界上最精准的语言作为陪伴
用世界上最紧张的时刻分享胜利

用世界上最安全的武器作为靠山
用世界上最浪漫的舞步遨游宇宙
谁敢说，还有什么可以超越

王锋：你的名字被烈焰铸成城市名片

颁奖辞：面对1000℃的烈焰，没有犹豫，没有退缩，用生命助人火海逃生。小巷中带血的脚印，刻下你的无私和无畏，高贵的灵魂浴火涅槃，在人们的心中永生。

那一刻，我很想问你，王锋
你3次冲入火海救人
98%的烧伤面积，你还在奔跑
你用生命的代价去冲锋，居然没有替身
你不后悔吗

那条晨光中的血路
是一条知晓人性的河流
蜿蜒走进我们内心
然而你不觉得痛吗
烈焰燃烧着你
南阳市民用泪雨为你灭火
他们想把你留在熟悉的春天里

你光着膀子，烈焰中你的舞蹈

感天动地
20位邻居逃出火海
你的背影是他们一生的痛
火光和浓烟的舞台，你力量的手臂
撕开一条血路
南阳被惊醒
秋天的落叶是这个早晨的最后一场流星雨
划过天空最亮的
是你燃烧不止的名字

20位邻居得救了
你全身的皮肤被黑夜淹没
模糊的五官，我们依然能分辨你微弱的声音
"别救我，先救里面的人"
之后，这句话被无数的人一生惦记
成为黑夜中的一盏明灯

你在烈焰中的身影被反复播放
形象植入每一粒秋天的果实
你在重症监护室的最后几天
所在的城市温暖宜人
你可能不知道，很多人通宵达旦
守在病房外，与你高尚的灵魂为伍
很多人从冬天走出来
很多人从一蹶不振中爬起
他们想像你一样坚强，一样无畏
一样选择冲锋在路上
200多万的捐款和一面旗帜

足以表达南阳这座城市深深的敬意

很多时候，我们以为偶然就是生活
在你的台词中，生活处处都是必然
你是秋天里的最后一个背影
思想的光辉洒满炙热的大地

支月英：19岁完成一生的决定

颁奖辞：你跋涉了许多路，总是围绕大山。吃了很多苦，但给孩子们的都是甜。坚守才有希望，这是你的信念。36年，绚烂了两代人的童年，花白了你的麻花辫。

我至今仍不敢相信
当年19岁的你
就能完成一生的决定
手中那把伞
为你选择的青春之路遮风挡雨

19岁时，你是山中最艳的一朵花
带着露水，带着粉红色的羞涩
你谢绝百花的挽留
只身怒放在江西的穷山村
在那里，你还是最艳的一朵
村里，支教的老师来了又走
山里人都以为你一样是时花
花期很短，温室里才是你的家
大山没有特别的土壤适合你

殊不知，你在这片原野，克服水土不服
盛放了36年，芬芳了36年

你来到这里，芳心也留了下来
获得你芳心的是那些穷孩子
童年被盲目挥霍，星空被上错颜色
作为你一生的恋爱对象
你选择无条件接受这份感情
山里的风很冷，但很干净
山里的雨很急，但很纯洁
透风漏雨的教室
丝毫不影响知识的发酵
那些沾着泥巴的小手，生命线清晰
洗干净后露出的是希望的起跑线
一首磅礴的歌
被烘焙成梦想

你是校长是教师也是保姆
村头的小溪
洗衣的声音是朗读的伴奏
梳理旧时光的老人
都在端详家门口那朵不凋谢的花
花的闺蜜们都在点赞
像舒婷在致一棵橡树
爱恋脚下的土地和坚持的位置

秦玥飞：黑土麦田为你竖起大拇指

颁奖辞： 在殿堂和田垄之间，你选择后者。脚踏泥泞，俯首躬行，在荆棘和贫穷中拓荒。洒下的汗水是青春，埋下的种子叫理想。守在悉心耕耘的大地，静待收获的时节。

洋墨水粉刷了你的外衣
却没有改变你的思想
你是金子，你始终认为
你发光的地方在黑土麦田

小草无法理解白杨树的追求
一粒沙也无法理解山的气度
很多人也无法理解你大材小用
还那么固执，像候鸟惦记出发地
然而，你理解自己，解剖过内心
黑土麦田也理解你，早就死心塌地

年轻的思想像一把刀
在湖南的小山村披荆斩棘
杂草和杂念一并被消灭

村民站在田头，看新手如何上路
托福满分的耶鲁哥
放下笔头拿起锄头的表演一样不落俗套
一顶村干部的帽子
刚好戴在你头上
你不嫌弃它
又土又小
比起耶鲁大学那顶帽子
你笑着说——
前者是水平，后者是文凭
前者是未来，后者是过去
前后，没有矛盾

道路新了，敬老院新了，教室新了
耶鲁哥征服了黑土麦田
从输血到造血，血管上的人工作业
你完成得一气呵成
远远不只的是
你的磁场还能招蜂引蝶，
连蒲公英也帮你做推广
和你一样的青年才俊
也在这里找到青春遗落的诗行
他们和你一道日出而作，日落而息
现代农夫的俊朗身影
在希望的田野上
成为方队里最好辨认的暖色调

张超：你是永不坠落的战鹰

颁奖辞：那4.4秒，祖国失去了优秀的儿子。你循着英雄的传奇而来，向着大海的方向去。降落，你对准航母的跑道，再次起飞，你是战友的航标。

甲板上，你一次次飞过我们的头顶
在祖国海疆，到处是你留下的标点符号
海鸥成为一路追逐你的粉丝
你时而直插云天，时而俯冲大地
惊险在完美的弧线内轻轻一笑
战鹰，你是真正的战鹰

还是雏鹰时，你已开始思考高度
思考无边无际的未来
你的翅膀镶上钢铁，成了鹰中之王
身上，闪烁着五星的中国服饰
操作杆上，握着镰刀和锤头的重量
目光如火，热血在血管中
彩绘出黄河长江的版图

优秀军人都是尖刀，你更不例外

你简直在拼命，真把命拼了

完美是你飞翔的唯一标准

没有降低的余地

面对初夏那最后一抹夕阳

舷窗外，血红的光表情僵直

回家路上，你驾驶着受伤的战鹰

想用两全其美的办法

留住天幕上那渐渐消失的脸庞

你的牺牲

超越了自己

超越了战鹰的本能

超越了蓝天高度的极限

你的妻子和两岁的女儿还站在甲板上

等你凯旋

她们的目光拉出一条线

到处搜寻你曾经到过的地方

你的踪迹到处都有，到处都是

却无法保存

战友和蓝天的思念

以及初夏的那一场豪雨

告诉我们你就在我们头顶

从来没有坠落

李万君：大国工匠一出手就是世界速度

颁奖辞：你是兄弟，是老师，是院士，是这个时代的中流砥柱。表里如一，坚固耐压，鬼斧神工，在平凡中非凡，在尽头处超越。这是你的人生，也是你的杰作。

工人院士
这是水平对文凭的一次回击
汗水堆里，黝黑的臂膀
标志性的装束，你严肃地为工人正名
为工人兄弟捧回集体的奖杯
李万君，你就是工人先锋号

时速300公里的高铁
开往很多春天的站台
千年以前的丝绸驿站
中国飞吻的表情早已定格
速度里面，藏着乾坤的名片
名片上有你的个人简介
和一把焊枪
被贴在高铁的心脏里

你的妙手
让中国的芳香洒满"一带一路"的沿途
德国人法国人傲慢的大拇指
一起为你点赞

你这把焊枪和这只持枪的手
在平凡的字典里注入新的释义
在细致的美中添加了极致的课题
火星四射中一支支离弦的箭
射向远方。过程和结果一样精彩
你一生都计较毫厘和细微的差别
这是最高工艺的标准
这是大国工匠的水准
一出手就是世界速度

面对毫厘之间的生活,好多人开始逃避
你这把焊枪还保持着2300℃的热情
从未改变过位置,从未移动过目标
每一次高铁首发,诗歌被带向远方
站台上很多人都从你的身旁走过
笑容是投向无名英雄的致意
你没有动,你还在选择一个原点
用你手中的焊枪
发射一个更远的远方
焊接一个更牢固的梦想

梁益建：妙手仁心扶正做人的脊梁

颁奖辞： 自诩小医生，却站上医学的巅峰，四处奔走募集善良，打开那些被折叠的人生。你用两根支架，矫正患者的脊梁，一根是妙手，一根是仁心。

玉林路的尽头，小酒馆的门口
赵雷的《成都》和一场细雨
润湿了街边的行人和9月的垂柳
灯光忽明忽暗，结伴同行的背影
延伸在一条城市的脊梁

梁医生是成都街头的一盏灯
街道很熟悉，街坊也很熟悉
很多驼背的身影，就是看到地上的光
才有了继续前行的勇气
头上的那盏灯，充盈着他们的泪光
晶莹如街边的小雨，淅淅沥沥

3000个这样的身影，曾像蚂蚁一样
蜷伏于我们熟悉的城市

坐标

低矮的房子刚好伸进他们的驼背
畏惧的目光如一条蛇钻进冬眠的洞穴
贫寒和不幸的叠加
他们天天向大地表露赎罪的心
其实，他们没有罪
遇上梁医生，这罪过就一笔勾销了

梁医生的妙手是一绝
驼背的身影在他们挺直腰板之前
都曾向他深深鞠躬
虽然他们的表情无法正面看清
然而大地的湿润一定与感恩有关

梁医生的仁心是一绝
他翻山越岭寻找弯月一样的身影
为他们递上人间的心灵甜品
许下他们的第一个春天。那一天
弓和箭彻底分离，弓伸直了腰
从一个酣睡的早晨醒来
他们第一次看清了早晨的露珠
和眼中的泪水无异
第一次看清了春天的模样
第一次吻到了太阳赐予的温热

那一刻，他们和梁医生
都是成都最幸福的人
玉林路的尽头，小酒馆的门口
或许，都可看到他们酩酊大醉的样子

郭小平：红丝带飘在你手握的阳光中

颁奖辞：瘦弱的孩子需要关爱，这间病房改成的教室是温暖的避难所。你用 12 年艰辛，呵护孩子，也融化人心。郭校长，你是风雨中张开羽翼的强者！

选择，是一道难题，也是一门艺术
郭小平，选了一道难题，也选了一门艺术
难题，他解开了
艺术，他赢得了
最稚嫩的掌声

那些被风雨提前侵袭的花朵
一同受伤的还有土地
花瓣失去了颜色，叶子也是枯黄的表情
营养不良的泥土，亲情早已水土流失
芬芳离他们很远
下一个春天的具体时间还是未知数

偶然间，郭小平闻到了这里的花香
虽然香味已经很淡，花期可能很快结束

泥土上，那些摔断的翅膀触目惊心
蜜蜂叹气地飞离，彩蝶黯然神伤
蚯蚓钻出地面，有的只是同情
郭小平拿出随身带来的红丝带
为山冈上33朵可怜的花——系上
系上那一刻，花容失色
泪珠滴在风中，滴在春天
刚刚睁开的眼睛里。睫毛下
春天在扑闪中钻出了脑袋

红丝带飘了起来
病房成了教室，院长成了校长
每一株花都被重新移回室内
他们本就应该享受一次温室里的幸福
识字、写字、朗读、做人
成了强身健体的最好营养品
歧视、嘲讽、不解和躲避，被山洪带走
一泓清流从人们的心里流向
红丝带飘起的方向
一个箱子打开，玩具王国的朋友们都来了
欢乐的游戏课刚刚开始

你看那里老鹰正在捉小鸡
有只鸡妈妈护着33只小鸡
老鹰始终不能把任何一只小鸡带走
来，给勇敢的鸡妈妈扮演者郭小平——
一点掌声

阿布列林·阿不列孜：
你说过要当焦裕禄的好学生

颁奖辞： 在细碎的时光中守望使命，以奋斗的精神拥抱生活。执法无私，立身有责，恪尽职守，勤勉为公。在这片土地上，红柳凝聚水土，你滋润心灵。

兰考的风沙曾经刮倒很多人

很多树，很多房子

有一位让我们怀念的人焦裕禄

却始终站立于人民心中

很多年后，风沙停了，那片绿洲树起一座丰碑

风沙早就绕道而逃，梧桐也已病愈

人间在那开了一条正道，阿布列林在那

洗了一场阳光浴和森林浴

你说，把人民始终装在心里

像焦裕禄那样，纵使再大的风沙

人民都会把你团团护住

因为，你是长在百姓心中的大树

这一场淋浴，改变了他一生的健康

骨骼更强健了，目光更犀利了

阳光始终储存在他体内

没有丝毫的丢失

后来，这些阳光他都取了出来

给了叫百姓的人

绿色被他一直穿在身上

天平上，那根横杆是不锈的钢

也是他始终挺直的腰板

诱惑、金钱和威胁都从那根杆上摔了下去

垃圾桶成了它们的墓地

他的无情换来百姓的口碑

一曲冬不拉，民心都站在了那弦上

有人说你是黑包公，因为你黑着脸

讨厌那些墙上芦苇和山间竹笋

你黑着脸，假恶丑在你面前统统显形

46年，没有让阴影玷污一点阳光

没有让良心有过一点锈迹

从兰考扛出的大旗

至今仍被你高举过头

你用一枚螺丝钉，把旗帜固定在那

风吹时，旗帜更加飘扬

雨打时，旗帜更加鲜艳

雷鸣闪电时，旗帜和你一直在冲锋

太阳升起时，雄鸡一唱天下白

潘建伟：量子是你一生深爱的情人

颁奖辞：嗅每一片落叶的味道，对世界保持着孩童般的好奇。只是和科学纠缠，保持与名利的距离。站在世界的最前排，和宇宙对话，以先贤的名义，做前无古人的事业。

量子，估计会成为你一生的情人
遇上就不再错过

量子纠缠了你一生
你和它完成了从陌生到热恋的过程

为了成为量子最安全最信任的知己
你摸透了它全部的脾气

比如它难以捉摸，难以看透
你是最能够驾驭它的人

量子在无边际的世界里被你俘获芳心
这比大海捞针还难。这是缘分

坐标

量子为了报答你的专一和忠诚
助你攀上事业的高峰

量子在你的温室里诞下墨子号
宝贝出生时间是2016年8月16日

墨子号是你生命的全部
孩子一出生就飞黄腾达，成为明星

墨子号一步登天
研制时间远远不止十月怀胎

墨子号出生的意义很深远
它让祖国大家庭更团结更安全

望子成龙已有，望女成凤也需有
你的造星计划正在进行时

在银河，你和量子相濡以沫
那份爱早已化作繁星点点

银河那么大，量子那么小
你却用一生的时光包围它

其实，你本身就是一颗璀璨的星

量子注定和你如影相随

你把对量子的爱编成一本书
你告诉世界，爱要执着和专一

2017 年
诗章

卢永根：你用最饱满的稻粒回报大地

颁奖辞：种得桃李满天下，心唯大我育青禾。是春风、是春蚕，更化作护花的春泥，热爱祖国，你要把自己燃烧。稻谷有根深扎在泥土，你也有根，扎根在人们心里。

在那片黑色的土地上
不知不觉
你弯腰的姿势已保持了一生
你那么专注，那么忘我
你在看一片迎风起舞的金黄

稻田是你终生牵挂的课堂
水稻是你反复授课的内容
一种简单的作物，你用一生
为它做了特别注解
作为作物遗传专家
你深知民以食为天的意义
深知粒粒皆辛苦的诗意
水稻似乎懂人性，明白你的良苦用心
和你一生的合作非常愉快

在你面前，水稻打开心扉
把有关基因、染色体、遗传、杂交的秘密
坦诚相告
把彼此不育性和亲和性的关联
用大地的纹理绘出一幅金黄的秋

作为虔诚的创作者
你忠于祖国，忠于人民
忠于大地，忠于稻田
你用最饱满的稻粒
弯着腰讲述自己无比充实的一生

2017年，你生命最后的阳光照进稻田
你轻轻走下讲台
和一头银发的老伴相互搀扶
拿出十几个存折
把毕生积攒的800多万元捐给华农做基金
你想在春天里
播下新的希望
桃李不言，下自成蹊
芬芳的路从校园延伸至远方
黄昏的校园，你熟悉的影子被拉长

廖俊波：向真心实意为人民造福的你致敬

颁奖辞：人民的樵夫，不忘初心，上山寻路，扎实工作，廉洁奉公。牢记党的话，温暖群众的心，春茶记住你的目光，青山留下你的足迹。谁把人民扛在肩上，人民就把谁装进心里。

你纵身一跳
游进贫困县的深水区
看你奋力前行的样子
可爱又可敬
一些人情愿掉在你身后
知难而退不是你的初心
逆流勇进才是你的远方

你心中的远方
有很多你惦记的远方的家
那些家人，对你都很熟悉
当你饮下民心为你泡好的茶
颊齿留香的感觉
你真切触摸到民意的温度

和信仰的力量

别人笑你傻
总干那些背着石头上山的事
你的妻子却觉得你傻得可爱
傻得无私，傻得无畏
为人师表的妻子
早已在心中为你颁发一张爱你的奖状

你没有存折里的数字概念
却装着老百姓心中的幸福指数
你看着他们一个个摘下帽子
把这些帽子丢下山崖，丢进山沟
你和山中的喜鹊一样兴奋，一样欢畅
和老百姓一起上山的路虽然不好走
到了山顶，苦的累的却都有了诗意
老百姓无法为你颁发物质的奖杯
他们用口碑传扬你造福的故事
一首一首的歌谣
如那一条条悠悠长长的山路

2017年3月，你因公殉职
倒在了你熟悉的山路旁
啼血的杜鹃花，溅了一地
2017年6月，国家追授你为时代楷模
全国人民都知道了你滚烫的名字

杨科璋：在火海中坠落，在人民心中站起

颁奖辞：有速度的青春，满是激情的生命。热爱这岗位，几回回出生入死，和死神争夺。这一次，身躯在黑暗中跌落，但你护住了怀抱中最珍爱的花朵。你在时，如炽烈的阳光；你离开，是灿烂的晚霞。

2015年5月，伤心的初夏
玉林市新华社区民宅火灾现场
哭喊声被浓烟和火光包围
你，像一支离弦的箭
在黑暗中寻找救援目标
你像往常一样执行一次救灾行动
浓烟中，你身陷重围
生命的呼唤，让你的内心淡定从容
死神按下倒计时的开关
留给你的退路凶多吉少
然而，那个两岁孩子稚嫩的哭声
唤醒你曾经的童年
你在浓烟和火光中和她抱在一起
你虽然没有看清孩子的模样

但你知道那是一朵娇艳的花
她可以在将来
在百花盛开的季节
讲述一个有关成长的故事

你在黑暗和浓烟中一脚踩空
如一团坠落的火焰
穿越黑暗，穿越火光
时间在倒退，死神在后退
你手中的宝贝却和你融为一体
坠落时，你其实什么都没想
你只想抱着怀里的孩子
让她毫发不伤
让她看到黑暗过后的天亮
而你呢，却躺在大地的怀里
也像一个熟睡的孩子
只不过，在你离去后的每个夜晚
我们总能在会说话的星星那
看到你闪烁的眼睛

卓嘎和央宗：雪域边陲盛放的最美格桑花

颁奖辞：日出高原，牛满山坡；家在玉麦，国是中国。中国是老阿爸手中缝过的五星红旗，中国是姐妹俩脚下离不开的土地。高原隔不断深情，冰雪锁不断春风。河的源头在北方，心之所向是祖国。

我的目光不止一次仰望

仰望喜马拉雅山和那片纯白

自从知道了你们的名字：卓嘎和央宗

还有你们尊称的父亲桑杰曲巴

我开始仰望你们

在祖国雪域边陲的高原上

那盛开半个世纪的最美格桑花

你们圣洁的名字，一尘不染

3000平方公里的玉麦乡，是你们的家

你们父女两代共3人，曾在这里50个春秋

牛羊熟悉这片东方的气息

放牧、生活、巡查

穿梭在光阴的脚印里

坐标

烙着你们滚烫的爱国情

边境上，雪花飘扬，你们天天在路上

身边的牛羊是你们行动的见证者

你们亲手缝制的五星红旗

挂在边境线，在白皑皑的世界

是舞动的红和头顶飞掠的雄鹰

是你们坚守的力量

在喜马拉雅山的山脚

在祖国雪域边陲的高原

在广袤寂静的玉麦乡

在流动的祖国边境线上

你们用信仰感动中国

我曾一次次想走进你们的内心

想问你们很多问题

比如什么叫赤胆忠心

比如什么叫不离不弃

比如什么叫最可爱的人

你们古铜色的脸上

和你们名字一样圣洁的阳光

消融着写在你们身上的沧桑

玉麦乡是你们的家，也是心中的国

家就是国，国就是家

五星红旗

是我们共同的乡愁

刘锐：强军兴军队伍中的一把利剑

一排排战鹰飞来
银色的翅膀，刺破云天的雄姿
让人着迷这天地之间的舞台
你可以把自己的角色
演得出神入化

南海上空，云卷云舒
敌机逼近你
他们想吓唬孤军作战的你
相隔不到10米的舷窗，两机对峙
流云在看一场特殊的较量
敌机飞行员脸上的傲慢神情
被中国军人的威仪逼退
此时的你，没有想过一个怕字

坐标

唯一想到的，是机翼下的红旗招展
你是战鹰中一把锐利的剑
你出远海，巡南海
看过祖国蔚蓝色海洋里的潮涨潮汐
看过日出东方的霞光万丈
看过那一片一片蔚蓝的生动和可爱
你上高原，进戈壁
听过黄土高坡的心跳
听过奔腾黄河的吼声
听过塞罕坝林海的呼啸
听过那东方的雄鸡在报晓

蓝天上，你是一只英勇无畏的战鹰
英雄团里，你是当之无愧的虎将
是战鹰中出色的战神
作为轰-6K项目的领军人和探路人
你用忠诚填补了几十个空白的领域
锐不可当，这是蓝天对你的一致褒奖

没有比能在祥云上自由穿梭更为精彩
没有比能在深空遥望母亲更为感人的事了
刘锐，你做到了
做得非常出彩

黄大年：你轻轻地叩开地球之门

颁奖辞：作别康河的水草，归来做祖国的栋梁。天妒英才，你就在这7年中争分夺秒。透支自己，也要让人生发光。地质宫五楼的灯，源自前辈们的薪传，永不熄灭。

2008年，国家的一声召唤
你和妻子关上剑桥旁花园别墅的大门
辞职，卖掉家产，背上18年郁积的乡愁
作别康河的水草
回到当年的吉林大学母校
校园里，好多人都是当年发奋的你

你是享誉世界的地球物理科学家
多年来，你一直在钻研地球的内心
你的目光已经触及地球母亲的万米深处
由表及里，由热到冷，由冷到热
你一生都在地球身上穿越
在寂寞的深处，你赢得了外面的掌声和喝彩
回到祖国，你把事业的高度降回原点
你想搭建一条人梯

让更多的人走向学术的深处

航空重力梯度仪是你耗费五年心血

造出的重要宝贝

你为此透支了健康和亲情

带着一支很长的队伍

用智慧之手

轻轻叩开地球之门

开门的那一瞬间

我们都窥见了地球丰富的内心

如你，始终怀有那一腔报国之情

当你一次次晕厥在讲坛

教案滑落你的手心

学生们看到一座丰碑的挺立

看到了报国之塔上的荣光

在人生道德和价值的讲义里

为泪流满面的学生

上完了最后一课

卢丽安：你是祖国母亲的"小棉袄"

颁奖辞：台湾的女儿，有大气概。祖国为大，乡愁不改；把握现在，开创未来。分离再久，改不了我们的血脉，海峡再深，挡不住人民追求福祉的路。

那些年，你常在日月潭边走

你在遥望海峡那边

你在深情地朗读余光中

乡愁，占据了你的全部世界

一张小小的船票

在1997年让你心想事成

你是台湾的女儿，你是复旦教授

你轻轻地实现一个转身

母亲为你献上热情的拥抱

复旦为你打开两扇大门

一扇是家门，一扇是学术之门

讲坛上，你笑靥如花

倒出的琼浆玉液，迷醉校内校外

你用中西方的语言为祖国代言

坐标

你的风度，风采，风范
是复旦大学最亮丽的风景
眼镜后面，明眸如春
秀发扬起，青春舞动
没有冬天的复旦
因为暖心的你

你是位懂事孝顺的好女儿
你曾认真咀嚼日月光华，旦复旦兮的意义
深知博学而笃志，切问而近思的内涵
你用赤诚之土，培植一树芬芳
你打开一个女儿的心扉
在感恩的讲坛上讲述报国的道理
宝岛那边，风儿捎去了你的私语
那湾浅浅的海峡
乡愁弥漫

王珏："兰小草"的春天爱满园

颁奖辞：碧草之芬，幽兰之馨；有美一人，在海之滨。留下丰碑，芳香无尽。 每年的 11 月 17 日，狮子座流星雨如期而至，那一刻，映亮了夜空中你最美的背影。

兰小草，我以为在春天可以寻到你
我和所有好奇的人们在寻你
本草纲目不见你
桃李的树下仍未见你
寻你的 15 年
你的惊艳时隐时现
原来你是爱的化身
来无影去无踪

兰小草是你汇款单上的芳名
那三个字清新得如晨曦，如薄雾
如荷叶上的露珠般晶莹
如晴空上那朵朵洁白的云
如山间流淌的小溪
如城市小巷里飘出的兰香

晨光中
我看见有贫困山区的孩子
捧着你的名字
在大山深处大声朗读未来
晚霞里
我看见饱经沧桑的母亲
捧着你的名字
在炉火中不断给生活加热

15年来，到处可觅你的芳踪
你不仅是位医者，还是仁者
你每年寄出的两万元善款
不断堆垒着你爱心的高度
你缺席了所有的颁奖典礼
但我们仿佛看到
每一次，你都站在舞台中央
手捧鲜花，高举奖杯
在西湖的传奇里再添诗意
在浙江的文化名片上写下含蓄的一笔

2017年，你像流星一样离开我们
以后，我们都会站在你的名字周围
在每一年的11月17日
看狮子座的流星雨如期而至
那一刻，映亮的是你最美的背影

黄大发：想起那条"天渠"就热泪盈眶

颁奖辞：水过不去，拿命来铺，这是一个老党员为人民许下的誓言，大发渠，云中穿，大伙吃上了白米饭。36 年，为梦想跋涉，僵直了手指，沧桑了面孔，但初心不变。

您是一位老支书
草王坝是您刻骨铭心的家
因为缺水，世世代代的村民
在苦日子里挣扎
龟裂的稻田，干裂的嘴唇
您的心因为水也褶皱了一生

您是一位老支书
您的心一点也不老
从 20 世纪 60 年代，您在绝壁上
开始凿下第一锤
一部惊世骇俗的作品便开始动工
"没有水，草王坝就永远没有希望"
这是草王坝祖先留下的共同遗嘱
干旱的家园，飞鸟远离村庄

炊烟里写着伤感和离愁
绝壁上，让水从天上来

犹如一首伟大史诗的创意
横穿36年，
您作为第一作者
用锄头、钢钎、铁锤和双手
一点一点，一锤一锤
春秋冬夏，寒来暑往，叮叮当当
把自己的名字刻进了岩石的体内
和这条伟大的大发渠一起成为永恒

有人说您是当代愚公
一点不假
那条9400米的天渠，蜿蜒如诗
如镶嵌在云中的"红旗渠"
我好像变成一棵水草
顺着那条渠去走一回当年你站的地方
还有你经历的风雨，看过的彩虹
我会顺着这张纯手工打造的温床
去感受您当年有力的大手
如何让大山睁开双眼，伸出翅膀
我顺着清冽的水流
流过三座大山，流过九座悬崖
流过稻花香里的丰年
流过草王坝的四季
流到您的掌心
流到新时代的春天

谢海华：厮守中和你一起慢慢变老

颁奖辞：相信，是那一刻的决定。相濡以沫是半生的深情。平凡的两个人，在命运面前，却非凡地勇猛。最长情的告白，已胜却人间无数。心里甜，命就不苦。爱若在，厮守就是幸福。

我阅读过很多的小说
里边的情节也曾感动过我
但你们的故事好似春天的第一场雨
淅淅沥沥
落在彼此最柔软的心里

你轻轻地走近昔日的英雄女孩
没有誓言
只有双臂张开成的一个港湾
你要用爱为英雄缝补伤口
你要用一个家为她疗伤
让她忘却身上的九道伤疤
让她记住自己和春天一样的年华

坐标

你抛弃不解和歧视
娶了瘫痪的英雄女孩为妻
她勇敢了一次，你勇敢了一辈子

简陋的小屋
爱有些简单但很纯粹
20年瘫痪在床的妻子
依然是你手中的宝
一日三餐，洗衣做饭，端屎端尿
窗外的春芽绿了26年
你们爱的小屋也被阳光投射了26年

看风景的人不再看风景
他们纷纷来到这间小屋
在干净的木窗旁向里张望
你正喂着妻子吃饭，一口一口地
妻子像一个小孩，被你哄着
你在她耳畔低声私语，似春燕呢喃
妻子浅浅的微笑
让整洁的小屋，成了心灵的最佳风景
我仿佛听见你对妻子说——
凝望着你的脸一如从前
风再大我都能安心入眠
牵着你的手
我们一起慢慢走
可以给你的
这世间唯我所有

塞罕坝林场建设者：
绿水青山中演绎人间奇迹

塞罕坝，我记住了这个绿色的名字
一种代表着春天的绿
一种代表着希望的绿
在塞罕坝，绿色——
就是人间奇迹的全部内涵
就是大地最温暖的一条围巾

我没有去过塞罕坝
但我感动于塞罕坝精神
感动于塞罕坝林场的建设者
一部厚重的绿色巨著
三代人55个春秋的不懈与奋斗
青翠的名字，英雄的坐标
直立于112万亩的人工林场
林涛翻滚，如诉塞罕坝曾有的沧桑
曾经的塞罕坝
黄沙遮天日，飞鸟无栖树
荒漠，沙丘，一片寂寥
绿色和希望曾经被风沙吹跑

曾经呜咽的塞罕坝
因为一群人的到来破涕为笑
因为一群人的到来开始战天斗地
敢教日月换新天

半个世纪前的一天
塞罕坝开始更换一件崭新的衣裳
一件崭新的绿衣裳
塞罕坝的林场建设者
为了这件美丽的绿衣裳
他们历尽艰辛，艰苦奋斗，筚路蓝缕
春风又绿塞罕坝
听，在无边的绿色林涛
一首铿锵有力的红色歌谣
响彻云霄

塞罕坝，一个诗意盎然的名字
奋斗写在她的表情里
我听见半个世纪没有间断的号子声
从密林深处传来
从一棵树我看到了一片海
那是一片用绿色堤岸围成的海
那是一片用手拉手围起的海
那片辽阔的海
那片妙不可言的海

合上这部绿色巨著
我看见，封面上闪着10个大字
绿水青山就是金山银山

跋

跋

　　在今年老家柚花飘香的4月，这本书稿终于完工。历时一年多的创作，为之感动也为自己感动。

　　为什么要创作《坐标》，这是我在跋里首先要回答广大读者的问题。创作《坐标》的动机来源于中央电视台每年举办的《感动中国》人物颁奖晚会。这样一台由国家主流媒体倡导的充分体现社会主义核心价值观的晚会，自2002年以来每年一届，至2017年已连续举办16届，每届评出10位获奖人物和1个获奖集体，晚会产生的强大的精神价值和传播的社会正能量，其意义是深刻和深远的！16年所推选出来的来自各行各业、来自人民中间的"典型和英雄"构成我们中华民族的伟大脊梁，他们是实现中国梦的伟大榜样和力量。习近平总书记在中国作协第九次全国代表大会开幕式上的讲话中谈到，祖国是人民最坚实的依靠，英雄是民族最闪亮的坐标。歌唱祖国、礼赞英雄从来都是文艺创作的永恒主题。习近平总书记在党的十九大报告中就有关繁荣发展社会主义文艺方面明确指出，加强现实题材创作，不断推出讴歌党、讴歌祖国、讴歌人民、讴歌英雄的精品力作。这是向广大文艺工作者发出的号召，也是动员令。这是新时代赋予作家的担当和使命。基于此，这也是我为什么要创作《坐标》的初心和动机。

　　以怎样的艺术形式去讴歌这些感动中国的英雄和人民楷模，让闪亮的坐标熠熠生辉于华夏大地，继而在人民群众的心中产生更为高昂而深远的文化力量，我做了深度的思考。《坐标》以感动中国2002—2017年16年来所推选的170多位获奖者为抒写对象，全书以"朗诵诗"的形式为体裁，把感动中国获奖者的事迹及精神价值和社会影响以诗歌的艺术语言进行升华和演绎！让广大民众自觉成为他们精神和价值的艺术"朗读者"！以年份为主线，分成16个诗章，对每年每一位获奖者的光辉事迹和精神价值用朗诵诗的语言演绎和吟诵出来。

同时，书中每位获奖者除了以一首朗诵诗独立成篇，还配上《感动中国》推选委员会的颁奖辞，使朗诵诗集全书穿珠成链，更具感召力和感染力。

特别需要说明的是，本书体裁所用朗诵诗形式的目的，是因为在当下朗诵诗这种文学艺术形式已有淡化之势，回眸三千年诗经的历史，本书力求继承传统，在现实题材中运用诗歌叙事等艺术手法进行创新，力求达到思想性和艺术性的高度融合，力求实现时代性与主旋律的高度统一。回归经典，致敬传统，是央视《中国诗词大会》和《朗读者》给本书的启示。在创作本书的同时，也是一个自我感动自我教育自我超越的过程，因为，这些感动中国人物的事迹让我的精神和骨骼都得到生长和锤炼，是人格净化和升华的过程，所以，我为之感动而写下《坐标》。

文末，我要真诚感谢著名作家、中国作家协会副主席何建明先生对本书创作给予的宝贵指导！真诚感谢新闻界泰斗、南方日报社原社长、总编辑，现为暨南大学新闻与传播学院院长、教授、博士生导师范以锦先生为本书作序，并给予作者极大的鼓励和鞭策！真诚感谢为本书的顺利出版提供无私帮助的蔡均元先生、蔡俊发先生、蔡教奎先生、张京维先生等，在此，一并对他们的厚爱和提携表示深深的谢忱！

是为跋。

作者写于客都梅州

戊戌年夏月